诗词写作
实用教程

崔 鲲/编著

中国商业出版社

图书在版编目（CIP）数据

诗词写作实用教程/崔鲲编著. -- 北京：中国商业出版社，2019.12（2024.10 重印）
ISBN 978-7-5208-0967-2

Ⅰ.①诗… Ⅱ.①崔… Ⅲ.①诗词—创作方法—中国—教材 Ⅳ.①I207.21

中国版本图书馆 CIP 数据核字（2019）第 241958 号

责任编辑：袁娜

中国商业出版社出版发行
（www.zgsycb.com　100053　北京广安门内报国寺 1 号）
总编室：010-63180647　编辑室：010-83128926
发行部：010-83120835/8286
新华书店经销
三河市华润印刷有限公司印刷

*

710 毫米×1000 毫米　16 开　14 印张　200 千字
2019 年 12 月第 1 版　2024 年 10 月第 8 次印刷
定价：46.00 元

* * * *

（如有印装质量问题可更换）

序言

中国历来有诗教的传统,孔子曰:"不读诗,无以言。""入其国,其教可知也。其为人也,温柔敦厚,诗教也。"千百年来,博大精深的中华诗词作品充满着以爱国主义为核心的民族精神,这是"诗魂",也是"民族魂"。自古至今,"诗教"以诗教人,即通过诵诗、写诗、用诗等形式将其中蕴含的道德、意志、情感等发人深省的美学力量,来教化人心、提高素质。两千多年的诗教传统绵延至今,在当今弘扬社会主义核心价值观,实现中华民族伟大复兴中国梦的过程中,诗教必将发挥重要的育人及净化人心、提升思想境界、传播正能量的作用。

新时期以来,中华诗词的创作呈现出一种复兴的态势,展现出强大的生命力,当前各种诗词社团组织如雨后春笋,各类诗词活动层出不穷,诗词的创作、交流、发表与出版空前活跃,各地各行业的诗词作者有百万之众。中央电视台于近几年大力推出的"中国诗词大会""经典咏流传"等节目,都获得热播,社会反响很好,这些都充分证明了中华诗词有强大的群众基础,传承和弘扬中华诗词具有鲜明的当代价值和时代意义。

我们也欣喜地看到,在一些大学里,格律诗词写作的课程悄然恢复,诗教已开始走进中小学校园。诗词写作首先要弄清诗词格律,面对严整的格律要求很多初学者望而却步,对诗词内在的章法缺乏了解,因此,编写能面向学生和广大诗词爱好者,既简明又实用的诗词格律与写作教材显得尤为重要。

本书的定位是普及教材,力求准确、简明、实用,既注重格律知识的整理与分析,又精心选取有代表性的经典名篇进行剖析和讲解,使读者能更好地品读、理解诗词，自然而然地掌握诗词格律及写作方法。

在平仄一章中，本书清晰地介绍了五言和七言律句的几种平仄类型，用表格直观呈现了律诗和绝句的四种平仄格式，分析并厘清了历来关于"一三五不论""二四六分明"，以及孤平与拗救中的一些模糊之处，使初学者能很快弄清并掌握律诗和绝句的平仄格式。

在押韵、平仄、对仗、章法几章中，浅显易懂地对近体诗与词的规律进行了分析比较，力求阐明两者之间的联系与区别。

在声韵改革等问题上，尊重诗词在现当代的实际发展状况，力求客观、与时俱进地阐述其变化与发展。

在讲述诗词的章法和写作方法时，多举实例，例证中既有对名句的具体分析，又有对经典全篇的综合解读与赏析，力求生动阐述写作方法，并渗透写作方法的指导。本书中列举的写作方法是在前人经验的基础上，结合笔者多年教学和创作的研究及心得，并加以总结。诗词的写作方法本就有很多相通之处，读者可以举一反三，触类旁通。

本书附录所用词谱，全部选取自龙榆生所著《唐宋词格律》，相较于《钦定词谱》或《词律》，在一些可平可仄处，会有些差异，读者填词时可以自行选择合适的词谱，遵循一首作品对应一种词谱的原则。

作为诗词教材，本书对诗词格律的基础知识进行了较为详细的讲解，分别从押韵、平仄、粘对、对仗、章法等方面进行了讲述，难免会琐碎或死板，然而对于初学者来说，首先应该弄清规律，才能登堂窥奥，直至进入写作上的自由之境。

在编著本书的过程中，因约定的时间有限，笔者又独自承担了所有编写工作，确实有一定的难度，而且因笔者学养不深，理论水平也有限，在书中难免会有不妥之处，况且写作之道，在于实际创作之中心领神会，用理论的方法分析解说，往往难以尽得其精髓。恳请方家和读者不吝赐教。

崔 鲲

2019年6月10日

目录

第一章　诗词的种类 / 001
　　古体诗与近体诗 / 001
　　词 / 005

第二章　诗词的平仄与格式 / 007
　　平仄及入声的辨别 / 007
　　五言句和七言句 / 012
　　粘对 / 014
　　孤平与拗救 / 018
　　诗词的节奏 / 023
　　绝句及律诗的平仄格式 / 025
　　词的平仄格式 / 035

第三章　诗词的押韵 / 042
　　韵及韵书 / 042
　　近体诗的押韵 / 049
　　词的押韵 / 052
　　与押韵相关的几个常识 / 056

第四章　诗词的对仗 / 061
　　对仗的具体要求 / 061
　　对仗的主要方法 / 062
　　近体诗与词的对仗 / 067

第五章　诗词的章法 / 076
　　诗词的格式与题目 / 076
　　律诗的结构 / 079
　　绝句的结构 / 096
　　词的结构 / 105

第六章　诗词写作精要 / 127
　　诗词的思维与语言 / 127
　　诗词的语法特点 / 131
　　诗词的修辞手法 / 133
　　炼字炼句与立意 / 141
　　诗词的修改 / 150
　　诗词的新意和时代精神 / 152

附录一：佩文诗韵简编 / 157
附录二：词林正韵简编 / 170
附录三：词谱选编 / 184

第一章　诗词的种类

中国是诗的国度，诗歌在中国源远流长，如果从《诗经》中最早的作品开始算起，已经有三千多年的历史了，取得了辉煌的成就。唐诗和宋词，是中国诗歌史上的两座高峰，历代诗人们留下的经典诗词作品如繁星闪烁，美不胜收。

在当今诗坛，一般把"五四"新文化运动前后产生的以白话为基本语言手段的自由诗称为"新诗"，把包括格律诗词在内的各种古典体裁的诗统称为"旧体诗"。本书所称的格律诗词，包括唐代近体诗所代表的格律诗以及在宋代达到顶峰的词。

古体诗与近体诗

我国的古典诗歌有古体诗和近体诗的区分。古体诗也称古诗、古风，是相对于近体诗而言的诗歌体裁。中国古代诗歌史上古体诗与近体诗的分流，始于南齐"永明体"的出现，当时的沈约等人讲求四声、八病之说，强调声韵格律，"永明体"的新诗体是格律诗产生的开端，为唐代格律诗的产生和发展奠定了基础。至初唐时近体诗已基本定型，其字数、句数、平仄、对仗和押韵都有严格的规定，形式包括律诗、排律和绝句。这种新出现的格律诗称为近体诗，又称今体诗，近体诗以前的各种诗歌体裁统称为"古体诗"。

1. 古体诗

古体诗按照诗句的字数分类，有所谓四言诗、五言诗、六言诗、七言诗和杂言诗（句中字数间杂不定）。五言古体诗简称五古；七言古体诗简称七古，而含有三、四、五、七言的杂言诗，习惯上也归入七古。

（1）四言古诗

四言诗是每句四字或以四字句为主的诗歌形式，《诗经》是四言诗的代表，《诗经》的句式即以四言为主，间有杂言。四言诗是西周到春秋时期主要的诗体。两汉、魏晋时仍有四言诗，曹操的《观沧海》、陶渊明的《停云》等都是四言诗的典型例子。

（2）五言古诗

五言诗是中国古典诗歌的主要形式，五古最早产生于汉代。汉代时出现了一种新的诗歌形式，即汉乐府民歌，是继《诗经》《楚辞》之后的一种新诗体，其中很多是用五言形式写成。汉魏南北朝的乐府诗继承了《诗经》的现实主义传统，出现了《孔雀东南飞》《陌上桑》《上邪》《十五从军征》等优秀的长篇五言诗。五言诗达到成熟阶段的标志是《古诗十九首》的出现。汉代以后，写五言古诗的人很多，南北朝时的诗大都是五言的，唐代及其以后的古体诗中五言的也较多。如唐代杜甫的"三吏"、"三别"、《赠卫八处士》，宋代文天祥的《正气歌》，清代吴伟业的《直溪吏》等。

（3）六言古诗

最早散见于《诗经》中的六言诗是散句，比较少见，到了《楚辞》出现了大量整齐的六言句，《离骚》的基本句式就是上七下六。两汉诗歌中的六言句也多是散句。建安时期六言诗渐趋成熟，现存最早最完整的六言诗，是孔融的三首六言诗。曹植的《妾薄命》是建安时期六言诗的代表作。到了唐代六言诗和五、七言诗一样，逐步发展成为格律诗，六言绝句最具代表性的是王维的《辋川六言》。相对五言绝句和七言绝句，六言绝句比较少见，唐宋时，都有优秀诗人的六言绝句传世，如王安石的《题西太一宫壁二首》等。

(4) 七言古诗

七言诗起源于民谣，先秦时期的《诗经》《楚辞》已有七言句式。西汉时出现了"柏梁体"，这种诗每句七言，句句用韵，柏梁体开七言诗的先河。东汉时七言、杂言民谣较多，魏曹丕的《燕歌行》是现存第一首文人创作的完整的七言诗。南北朝至隋朝时七言诗逐渐增多，鲍照致力于七言诗的创作，其《拟行路难》对七言歌行体的发展产生了重要的影响。到了唐代，七言古诗的发展达到了高峰，出现了不少优秀的作品，如白居易的《琵琶行》《长恨歌》，杜甫的《观公孙大娘弟子舞剑器行并序》，元稹的《连昌宫词》，高适的《燕歌行》等，唐以后历代都有优秀诗人创作的七古作品，如元代萨都剌的《过居庸关》、清代吴伟业的《圆圆曲》、尤侗的《煮粥行》等。

(5) 杂言古诗

杂言诗诗句长短不齐，由一字至十字以上，一般为三、四、五、七言相杂，而以七言为主，在习惯上也归入七古。《诗经》和汉乐府民歌中杂言诗较多。汉魏以来乐府诗配合音乐，有歌、行、曲、辞等体式。唐人乐府诗多不合乐。唐宋时的杂言诗各种字数相杂，形式灵活多样，有不少优秀作品，如唐代李白的《蜀道难》《梦游天姥吟留别》，杜甫的《兵车行》，宋代张耒的《牧牛儿》等。

相较于近体诗而言，古体诗的格律和形式比较自由，表现出以下几个特点。

①字数不限。即一首诗中，各句的字数不定，可以是四言、五言、六言、七言或者是杂言。

②句数不限。即每一首诗中的句数不定，可以是几句或者多句。

③平仄不限。即诗中的字不讲究平仄、粘对，没有声律的要求，也不避忌孤平、三平尾。

④押韵自由。即诗的押韵灵活，可用同一韵部，也可用邻韵；既可用平韵，也可用仄韵，还可以平仄韵通押；奇数句、偶数句均可用韵；可一韵到底，也可中途换韵甚至可以重韵。

⑤不讲对仗。诗中不讲究对仗,没有明确的对仗要求。

2. 近体诗

近体诗是唐代出现的新诗体,也称格律诗。近体诗可以分为三种,即绝句、律诗和排律,绝句每首四句,五言的简称五绝,七言的简称七绝。律诗每首八句,五言的简称五律,七言的简称七律,超过八句的称为排律(或长律),排律分为五言排律和七言排律。近体诗有严格的格律要求。

(1) 篇有定句

即每种格律诗体都有固定的句数,具体来说,绝句有四句,律诗有八句,排律(也称长律)在十句以上。排律是在律诗的基础上,再增加若干对仗的联句,最多的有两百句以上。

(2) 句有定字

即格律诗中每一句的字数是固定的,只有五言与七言两种,五言绝句称为五绝,七言绝句称为七绝。五言律诗称为五律,七言律诗称为七律,排律有五言排律和七言排律。律诗有八句四联,每联的上句叫出句,下句叫对句,四联按顺序分别称为首联、颔联、颈联和尾联。四句一首的绝句只有两联。

(3) 字有定声

即格律诗中每个字的平仄都要遵循平仄声律,相邻两联中,上联的对句与下联的出句,以及同一联中的出句和对句还要分别遵循"粘"与"对"的规则。正因为有严格的声律规则,格律诗有着固定的格式。(详见第二章)

(4) 韵有定位

即格律诗的押韵都有固定位置,不管是绝句、律诗还是排律,都是隔句押韵,第一句可押韵也可不押。必须押平声韵,而且一韵到底,不能重韵和换韵。在用韵上,现在一般遵循的规则是一首诗中可以用旧韵,也可以用新韵,但是新旧韵不能混押。(详见第三章)

(5) 联有定对

即讲究对仗,具体指在律诗和排律中,除首联和尾联外,中间各联要

求必须使用对仗。绝句则没有对仗的要求。(详见第四章)

此外,近体诗的篇章结构还有一定的章法,大体上要遵循起、承、转、合的要求。(详见第五章)

词

词是一种诗的别体,是隋唐时兴起的一种新的文学样式。经过长期的发展,到了宋代进入全盛时期,故称宋词。词的产生和发展与音乐有密切的关系,词是配合宴乐乐曲而填写的歌词,最初称为"曲词""曲子"或者"曲子词",别称还有长短句、诗余等。

后来词逐渐与音乐分离,由依声填词发展到摆脱音乐,成为诗的别体,所以词也称为"诗余"。我们现在所说的词,是一种与近体诗一样的独立的文学体裁,与原来的音乐无关。

1. 词的特点

(1) 词有定调

每首词都有一个表示音乐性的词调,词调是规定这首词的音律的,每一词调都有一个名称,这就是词牌。词中声韵的规定特别严格,不同的词牌在分片、句数,每句的字数、平仄、押韵上都有规定,并且各不相同。明代徐师概括为:"调有定格,句有定数,字有定声。"词牌通常不是词的题目,仅把它当作词谱看待,为了表明词意,常在词牌下面另加题目或小序,以表明自己创作的内容、背景和词旨,词牌与题目之间用"·"隔开,如王安石《西江月·红梅》、苏轼《更漏子·送孙巨源》、陆游《卜算子·咏梅》等。

(2) 调有定格

每一个词调(词牌)常有两种以上的格式,如《临江仙》的词牌共有十一种格式,有58字首句七字格、58字首句六字格和60字首句七字格等。填词时在确定了词牌以后,就要定格,格式确定了,相应的分片、句数、字数的多少,以及平仄、用韵、对仗等规则就确定下来了。

（3）句有长短

词的句式参差不齐，词由长短句组成，长短句也是词的别称。这与诗那种整齐划一的句式形成了显著的差别，长短交错的形式使词的节奏更加丰富和多样。

此外，词的篇章结构还有一定的章法。（详见第五章）

2. 词的分类

（1）按照字的多少分类

按照字数的多少，词可以分为小令、中调和长调三种。58字以内的词为小令；59字到90字的词为中调；91字以上的词为长调，也称慢词。

（2）按照段落的多少分类

按照段落的多少，词可以分为四类：不分段只有一段的词，称为单调，单调通常是小令；分成前后两段（或称前后两阕、上下两片）的词，称为双调，词多数分成两段；分成三段的词，称为三叠；分成四段的词，称为四叠。分段是依据乐谱而定的。

（3）按照音乐特点分类

按音乐特点分，有令、引、近、慢几类。"令"一般比较短，如《十六字令》《如梦令》《捣练子令》等。"引"和"近"一般比较长，如《江梅引》《阳关引》《祝英台近》《诉衷情近》等。而"慢"又较"引"和"近"更长，词牌如《木兰花慢》《雨霖铃慢》等。

（4）按照风格特点分类

按风格特点大致可分为婉约派和豪放派两大类。婉约派的风格特点是表达婉转含蓄，内容侧重儿女情长，结构深细缜密，重视音律谐婉，语言圆润清新，具有一种柔婉之美。婉约派的代表人物有温庭筠、李煜、柳永、张先、晏殊、晏几道、秦观、贺铸、周邦彦、吴文英、李清照等。豪放派的风格特点是气势恢宏，境界宏大，词的题材广阔，它不仅限于描写男女情爱，而且着力于军情国事等重大题材，使词能像诗文那样反映丰富的现实内容。豪放派的代表人物有苏轼、辛弃疾、陈亮、张孝祥、陆游等。

第二章　诗词的平仄与格式

讲究平仄是近体诗格律的基本要求，五言句和七言句有固定的平仄格式，平仄的变化是有规律的，其基本规律是一句之中平仄交替，同联的上下句平仄相对，而在相邻两联中，下联出句与上联对句还要相粘。这里主要介绍诗词平仄与格式的基础知识。

平仄及入声的辨别

平仄是诗词中用字的声调，古代汉语有四种声调，平仄是在四声基础上，用不完全归纳法归纳出来的，平指平直，仄指曲折。在普通话中入声已消失，部分入声归入平声中的阴平和阳平，这给用普通话辨别平仄带来一定的困难。

1. 平仄

讲究平仄，是诗词格律的基本要求。要区分平仄，先要懂得四声。古代汉语有四个声调——平声、上声、去声和入声，可以称为"古四声"，平仄的"平"指的就是平声。平声是比较长的音，是一个平调，不升也不降。"仄"就是曲折不平的意思，仄声都是比较短的音，而且有升有降，包括上声、去声、入声这三声。

明代释真空《玉钥匙歌诀》说："平声平道莫低昂，上声高呼猛烈强，去声分明哀远道，入声短促急收藏。"从中可以了解古代四声的大致特点。

"新四声"是以现代汉语普通话为标准的四种声调来分类，"平"是指阴平和阳平，即第一声和第二声；"仄"是指上声和去声，即第三声和第四声。

具体来看，新、旧四声的区别和联系如下：

（1）平声。平声是一个中平调，这个声调到后代分化为阴平和阳平，也就是现代汉语的第一声和第二声。

（2）上声。上声是一个升调，这个声调到后代有一部分化为去声。上声也就是现代汉语的第三声。

（3）去声。去声是一个降调，这个声调到后代仍是去声。去声也就是现代汉语的第四声。

（4）入声。入声是一个短促的调子，这个声调后来派入阴平（如"屋、出"）、阳平（如"国、直"）、上声（如"铁、北"）和去声（如"客、绿"）。这就是所谓的"入派三声"。在现代普通话中入声字已经消失了，只在部分方言中还保留着入声，就普通话来说，入声字化为去声的最多，其次是阳平、阴平，化为上声的最少。

需要注意的是，由于入声字已经合并于"新四声"之中，因此在区分平仄时，归入上声和去声的入声字仍是仄声，要特别注意辨别归入阴平和阳平之中的入声字，不能误认为是平声字，这是我们在辨别平仄时的一大难点，需要运用具体的规律和方法帮助区分。

有意识地将四声引入诗词创作，始于南齐永明年间。《南齐书·陆厥传》："永明末，盛为文章。吴兴沈约，陈郡谢朓，琅琊王融，以气类相推毂。汝南周颙善识声韵，约等文皆用宫商，以平上去入为四声，以此制韵，不可增减，世呼为'永明体'。"齐、梁之际，汉语音韵学已经有了相当的发展。沈约将同时代的周颙发现的平、上、去、入四声用于诗的格律，归纳出比较完整的诗歌声律论，要求在诗中通过高低、轻重不同的字音互相间隔的运用，使音节错综和谐，即后世所说的调和平仄。同时，他还提出了"八病说"，即平头、上尾、蜂腰、鹤膝、大韵、小韵、旁纽、正纽八种声律上的毛病。这种讲究四声、避免八病、强调声韵格律创作出来的诗被称为"新体诗",因为这种"新体诗"最初形成于南朝齐永明年间,所以又称"永明体"。"竟陵八友"沈约、谢朓、王融等人都是"永明体"诗歌的创始者。"永明体"的产生对后世产生了深远的影响,特别是为初唐之后兴起的"近体诗"奠定了基础。"近体诗"亦称"今体诗",是唐代形成的律诗、排律和绝句的通称,讲究平仄、粘对、押韵、对仗等格律。

平仄的要求是近体诗最重要的规则,平仄的对立,实质上就是高低调和长短调的对立。由于平、上、去、入四声不同的发音特点,当不同声调的音节在诗句中有规则地交替或重复时,诗句就有了一种音韵美,读起来朗朗上口、抑扬顿挫,富有节奏和韵律感。

2. 入声及辨别

入声是古汉语的四声之一,平仄中的三个仄调之一。入声韵尾由三种不同的塞音韵尾 [$-p^h$],[$-t^h$],[$-k^h$] 构成,是最后没有爆发的塞音,具有发音短促、突然停止、一发即收的特点,音节听起来有一种急促闭塞的顿挫感。

在现代汉语普通话中不存在入声字,中古入声分别派入阴平、阳平、上声和去声。南方地区的吴语、粤语、赣语、闽语、客家语、徽语、新湘语、平话等方言还存留着入声,北方晋语区如山西、内蒙古、陕西省北部、河南省黄河以北、河北省西部等地,也有许多地方保留有入声,江淮官话、部分西南官话和极少数冀鲁官话也保留有入声。这些保留有入声的地区辨别起来相对容易。

根据现代汉语普通话辨别入声字,可以概括为以下几条规则:

(1) b、d、g、j、zh、z 六个声母的阳平声字是入声。例如:白、答、国、吉、竹、足等字。

(2) fa、fo 的全声调字都是古入声。例如:发、佛等字。

(3) d、t、n、l、z、c、s 七个声母拼 e 韵母的全声调(实际上只有阳平、去声有字)都是入声。例如:德、忒、讷、勒、泽、侧、色等字。

（4）k、zh、ch、sh、r 五个声母拼 uo 韵母的全声调字（实际上没有上声）都是古入声。例如：阔、卓、戳、说、若等字。

（5）b、p、m、d、t、n、l 七个声母拼 ie 韵母的全声调字（"爹"除外）都是古入声。例如：别、瞥、灭、叠、贴、捏、列等字。

（6）üe 韵母除了"瘸""靴""嗟"之外，都是古入声。例如：虐、略、绝、缺、学、约等字。

（7）g、h、d、z 四个声母拼 ei 韵母的全声调字（实际上没有去声）都是古入声。例如：给、黑、得（dei）、贼等字。

根据现代汉语普通话辨别入声字，还可以利用排除法，辨别以下几类不是入声字：

①带鼻音韵尾 n、ng 的音节，都不是入声。

②zi、ci、si 音节不是入声。

③er 韵（零声母字）不是入声。

④读 uei 音节的字，不是入声字。

⑤读 uai 音节的字，不是入声字（少数例外，如"率"）。

⑥声母为 m、n、l、r，读阴平、阳平或上声的字，不是入声字（少数例外，如"捏""辱"）。

⑦韵母为 ai、ei、ao、iao、ou、iou 的字，大多数不是入声字。

⑧声母为 p、t、k、q、c、ch 的阳平字，不是入声字（少数例外，如"壳""察""仆""璞"）。

利用形声字的声旁也可帮助确定入声字，例如："出"是入声字，则可断定"屈、茁、倔、崛、掘、诎"等以"出"为声旁的字也都是入声字；同理，"夹"是入声字，则以"夹"为声旁的"侠、狭、峡"等字也都是入声字；"各"是入声字，则"胳、搁、貉、洛、络、骆、格、阁"等字也都是入声字；"合"是入声字，则"恰、洽、答、鸽、塔"等字也都是入声字；"甲"是入声字，则"闸、押、匣、狎、胛"等字也都是入声字；"白"是入声字，则"伯、柏、拍、迫、帛、舶"等字也都是入声字；"吉"是入声字，则"结、诘、颉、桔、撷、壹、黠"等字也都是入声字;"舌"是入声字,则"活、括、聒、刮、阔、鸹"等字也都是入声字;"及"是入声字,则"级、极、汲、吸、岌、笈"等字也都是入声字;"勺"是入声字,则"灼、酌、的、约、妁、芍"等字也都是入声字。其他符合此规则的字都可以此类推。

通过以上规则能区分很大部分的入声字,对于初学诗词的读者来说,入声字的掌握是难点,应选择适当的方法辨析,并多查证相关格律资料。

辨别入声字还可以通过网络加以检测,现在有些大型诗词检测网站的正确率比较高,如公认并被广泛使用的"搜韵"网,检测平仄等格律较为便捷、准确,初学者可以用来帮助辨别入声字。当然,实践出真知,辨别入声字这一难点,还是要通过大量的学习和创作实践,在学习、创作诗词的过程中不断熟悉并掌握入声字的规律。

3. 平仄两读的字

要准确区分平仄还要注意平仄两读的情况,在古诗文中,一些字有时读平声,有时读仄声,要用一定的方法加以区分。

按照王力先生的观点,平仄两读的字可分为两大类,一类是"虽有平仄两读,而意义不变者"。例如"看、望、过、忘、听、醒"等字,这类字的使用根据平仄需要,既可以是平声,也可以是仄声,不影响字义。例如:"横看成岭侧成峰,远近高低各不同。"(苏轼《题西林壁》)这里的"看"是动词,作平声;而在"谁家见月能闲坐?何处闻灯不看来?"(崔液《上元夜六首·其一》)中,"看"也是动词,却作仄声。

另一类是"平声所表示的意义和仄声不同者",这一类较为复杂,可以大致划分为几种情况,第一种,当词性是动词、形容词或副词时读仄声,作名词时读平声,如"衣、污、冠、荷、中、王、傍"等字。例如:"小荷才露尖尖角,早有蜻蜓立上头。"(杨万里《小池》)这里的"荷"是名词"荷花"的意思,作平声;而在"荷笠带斜阳,青山独归远"(刘长卿《送灵澈上人》)中,"荷"是动词背着的意思,作仄声。

第二种则刚好相反,当词性是动词、形容词或副词时读平声,作名词时读仄声,如"从、吹、骑、思、誉、疏、分、论、扇、传、调、教、兴、乘、藏、烧、钻、弹"等字。例如："使君厌骑从，车马留山前。"（苏轼《黄州》）这里的"骑"字是名词，作仄声；而在"斥仙岂复尘中恋，便拟骑鲸返玉京"（陆游《七月一日夜坐舍北水涯戏作》）中，"骑"字是动词，作平声。又如："独在异乡为异客，每逢佳节倍思亲。"（王维《九月九日忆山东兄弟》）这里的"思"是动词，作平声；而在"今夜月明人尽望，不知秋思落谁家"（王建《十五夜望月寄杜郎中》）中，"思"是名词，作仄声。

第三种，字的词性相同但意义不同，平仄也不同。例如"燕"字，在"燕子"中作仄声，在"幽燕""燕然"中作平声；又如"施"字，在"施行"中作平声，在"施舍"中作仄声；又如"浪"字，在"波浪"中作仄声，在"沧浪"中作平声；又如"占"字，在"占卜"中作平声，在"独占"中作仄声；又如"降"字，在"降落"中作仄声，在"投降"中作平声；又如"供"字，在"供应"中作平声，在"供奉"中作仄声；又如"禁"字，在"禁受"中作平声，在"禁止"中作仄声。例如："落花人独立，微雨燕双飞。"（晏几道《临江仙》）这里"燕"是仄声；"桑榆如有得，犹可勒燕然"（祖无择《袁州庆丰堂十闲咏》），这里"燕"是平声。

以上分类并不能概括所有平仄两读字的情况。判断平仄两读的字，在掌握一定规律的基础上，可以用多读、多背经典诗文的方法，不断熟悉，还可以在实际创作过程中加以判断，逐渐做到熟练掌握。

五言句和七言句

五言句和七言句的平仄是格律诗的平仄基础，词的五言句和七言句的平仄格式也基本和律诗、绝句的五言、七言诗句的平仄相同。格律诗一般限用平水韵，句尾为平声处就是要押韵的位置，句尾是仄声处则是不押韵的位置。

1. 五言律句的四个基本类型(本书用"—"代表平,用"│"代表仄,用"+"代表可平可仄)

│ │ — — │	仄仄平平仄
— — │ │ —	平平仄仄平
— — — │ │	平平平仄仄
│ │ │ — —	仄仄仄平平

2. 七言律句的四个基本类型(在五言律句的前面加上"平平"或"仄仄")

— — │ │ — — │	平平仄仄平平仄
│ │ — — │ │ —	仄仄平平仄仄平
│ │ — — — │ │	仄仄平平平仄仄
— — │ │ │ — —	平平仄仄仄平平

观察五言的律句可以发现,在同一个句子中都要包含有一对"平平"和"仄仄",同时在"平平"和"仄仄"的基础上加一个"平"或一个"仄",作为音步的交替,就构成了五言的四种基本律句。

在这四种五言律句中,"平平"和"仄仄"交替出现,如"仄仄平平仄",这就是"本句平仄交替原则"。七言律句则是在五言律句的前面加上了"平平"或"仄仄",同样遵循这样的原则,如"平平仄仄平平仄"。

3. 两个常用的准律句

"平平仄平仄"和"仄仄平平仄平仄",这两个准律句实际上是由"平平平仄仄"和"仄仄平平平仄仄"变化而来,多半在绝句的第三句和律诗的第七句使用,因其使用的频率很高,可以把它看成特定的标准律句。(用粗体字标出有变化处,下同)

例:

江南逢李龟年

杜甫

岐王宅里寻常见,崔九堂前几度闻。

正是江南**好**风景,落花时节又逢君。

渡荆门送别

李白

渡远荆门外,来从楚国游。
山随平野尽,江入大荒流。
月下飞天镜,云生结海楼。
仍怜**故乡**水,万里送行舟。

月　　夜

杜甫

今夜鄜州月,闺中只独看。
遥怜小儿女,未解忆长安。
香雾云鬟湿,清辉玉臂寒。
何时**倚虚**幌,双照泪痕干。

无　　题

李商隐

重帏深下莫愁堂,卧后清宵细细长。
神女生涯原是梦,小姑居处本无郎。
风波不信菱枝弱,月露谁教桂叶香。
直道相思**了无**益,未妨惆怅是清狂。

粘对

　　粘对是近体诗格律的一个基本要求。所谓对,就是平对仄,仄对平,同一联的上下句平仄是相对的;所谓粘,就是平对平,仄对仄,在相邻两联中,下联出句与上联对句平仄是相粘的。

1. 对

律诗有四联，同一联中的出句都要跟对句的平仄相反，这样平对仄，仄对平，就是"对"。如果不按照"对"的规则两两相对，则为诗病，称为"失对"，失对是很严重的诗病，是格律诗的大忌之一。在实际运用中，那些可平可仄的地方是不用相对的，前提是不能违背格律的要求。（详见"一三五不论、二四六分明"）

例：七律平起入韵式（平起指首句第二字是平声，入韵指首句押韵）

长　征

毛泽东

红军不怕远征难，万水千山只等闲。
五岭逶迤腾细浪，乌蒙磅礴走泥丸。
金沙水拍云崖暖，大渡桥横铁索寒。
更喜岷山千里雪，三军过后尽开颜。
平平仄仄仄平平，仄仄平平仄仄平。
仄仄平平平仄仄，平平仄仄仄平平。
平平仄仄平平仄，仄仄平平仄仄平。
仄仄平平平仄仄，平平仄仄仄平平。

2. 粘

在律诗的四联八句中，在相邻的两联中，下联出句要跟上联对句的平仄相同，这样平粘平，仄粘仄，这就叫"粘"。如果不遵循这个规则，就是"失粘"。失粘也是格律诗很忌讳的毛病。同理，在实际运用中，那些可平可仄的地方是不用相粘的，前提是不能违背格律的要求。（详见"一三五不论、二四六分明"）

还是以七律平起入韵式为例：

平平仄仄仄平平,仄仄平平仄仄平。

仄仄平平平仄仄,平平仄仄仄平平。

平平仄仄平平仄,仄仄平平仄仄平。

仄仄平平平仄仄,平平仄仄仄平平。

以上是用七言律诗为例说明粘对的规则,五律同样适用,排律也要遵循粘对的规则。对于四句的绝句,只要把四句看成两联,同样遵循"粘与对""同联相对、邻联相粘"的规则,即遵循同联的第二句与第一句相对,第四句与第三句相对,邻联的第三句与第二句相粘就行了。

粘对的作用主要是使得声调多样化,在诗句均为律句的前提下,如果不对,同一联两句的平仄就雷同了。如果不粘,前后两联的平仄就雷同了。正是这样同联相对、邻联相粘,使得格律诗的音韵回环起伏,具有韵律的美感,构成和谐统一的整体。

初唐时,格律的要求还不是很严,在诗作中出现了少数失粘的现象,到盛唐时王维的作品中还有失粘的例子,杜甫也有少数作品失粘。而对的要求确立得比较早,失对的例子很少。宋代以后,失粘、失对成了写诗的大忌,很少有失粘、失对的作品出现了。

失粘的例子:(用粗体字标出失粘处)

使至塞上

王维

单车欲问边,属国过居延。

征**蓬**出**汉**塞,归雁入胡天。

大漠孤烟直,长河落日圆。

萧关逢候骑,都护在燕然。

咏怀古迹

杜甫

摇落深知宋玉悲,风流儒雅亦吾师。
怅望千秋一洒泪,萧条异代不同时。
江山故宅空文藻,云雨荒台岂梦思。
最是楚宫俱泯灭,舟人指点到今疑。

滁州西涧

韦应物

独怜幽草涧边生,上有黄鹂深树鸣。
春潮带雨晚来急,野渡无人舟自横。

赠别二首之一

杜牧

娉娉袅袅十三余,豆蔻梢头二月初。
春风十里扬州路,卷上珠帘总不如。

送元二使安西

王维

渭城朝雨浥轻尘,客舍青青柳色新。
劝君更尽一杯酒,西出阳关无故人。

在律诗和绝句中出现失粘,有一种特殊的体式,被称作"折腰体",是格律诗在平仄上的一种变格,需要注意的是,折腰体的诗要遵循律诗或绝句的格律要求,折腰后诗句的平仄,仍须继续按照粘对的规则顺承下去。宋人定义折腰体为"中失粘而意不断",即折腰体只是平仄格律上的一种变化,与整首诗的诗意无关。

失粘、失对是近体诗格律不断发展定型过程中的现象,我们现在学习写诗词，不能以古人有违格律的现象为托词，应该严格遵循诗词格律，这才是热爱并传承格律诗词的正道。

孤平与拗救

关于孤平，自古以来并没有统一的定义，存在两种意见的分歧。在当今诗坛，一般奉行的多是王力先生的定义，对孤平从宽处理。

1. 孤平

王力先生在《诗词格律》中说：在五言"平平仄仄平"或七言"仄仄平平仄仄平"中第一字必须用平声，如果用了仄声字，成了"仄平仄仄平"或"仄仄仄平仄仄平"，就是犯孤平。因为除了韵脚之外，只剩下一个平声字了。因而有人理解为"除韵脚之外只有一个平声字"就是犯孤平，这是不准确的。如五言的仄起平收式"仄仄仄平平"，除了韵脚的平声字之外只有一个平声字，但却不是孤平，而是标准的律句。而七言的仄起平收式"平仄仄平仄仄平"，除韵脚外，仍有第一、第四两个平声字，但这句却是典型的犯孤平。

王力先生认为孤平是格律诗的大忌，唐诗中极其少见，宋诗中几近绝迹，在诗词创作中要注意避免孤平。

2. 拗救

拗是不顺的意思，拗句与律句相对应，凡是不合常规平仄格律的句子，叫作拗句。拗句有时可以采取补救的办法，"救"相当于补偿，就是在本句或者邻句中，改变其他字的平仄安排，一般来说，前面该用平声的地方用了仄声，后面必须（或经常）在合适的地方补偿一个平声字，这种方法称为拗救。凡经过拗救的句子，就算合律。应注意拗句不一定是病句，如三平尾，是不可救的。

下面分别来看五言和七言四个平仄类型的常用拗救：

（1）五言平起平收句：平平仄仄平、仄仄平平仄仄平（七言仄起平收）

孤平本句自救：在"平平仄仄平"和"仄仄平平仄仄平"的句式中，五言第一字和七言第三字用了仄声，为避免孤平，就在五言第三字和七言第五字补偿一个平声，句式就变成了"仄**平**平仄平"和"中仄仄**平**平仄平"。这种拗救是本句自救，也叫"孤平自救"（"中"字代表此处可平可仄，粗体字代表拗救的字，下同）。孤平是近体诗的大忌，应绝对避免，如果犯了孤平，必须要补救。

例：

在日贪为善，昨来**闻**更贫。（刘眘虚《寄江滔求孟六遗文》）

跪进雕胡饭，月光**明**素盘。（李白《宿五松山下荀媪家》）

邓攸无子寻知命，潘岳悼亡**犹**费词。（元稹《遣悲怀三首（其三）》）

钱塘江畔是谁家，江上女儿**全**胜花。（王昌龄《浣纱女》）

这个平仄类型句式中的第三字可平可仄，可以变化为"平平平仄平""中仄平平平仄平"，这两个是合律的平仄格式，是不用救的。

（2）五言仄起仄收句：仄仄平平仄、平平仄仄平平仄（七言平起仄收）

①半拗对句相救：在出句"仄仄平平仄"和"平平仄仄平平仄"中，五言第三字和七言第五字该用平声而用了仄声。这种拗句应尽量避免，如果用了也要尽量补救。就在对句五言第三字、七言第五字用一个平声字作为补偿。这是对句相救。平仄格式变为"中仄仄平仄，平平**平**仄平""中平中仄仄平仄，中仄平平**平**仄平"。

例：

吾爱**孟**夫子，风流**天**下闻。（李白《赠孟浩然》）

寂寂**竟**何待，朝朝**空**自归。（孟浩然《留别王维》）

鸿雁**几**时到，江湖**秋**水多。（杜甫《天末怀李白》）

春潮带雨**晚**来急，野渡无人**舟**自横。（韦应物《滁州西涧》）

映阶碧草**自**春色，隔叶黄鹂**空**好音。（杜甫《蜀相》）

②拗句对句相救：指在出句"仄仄平平仄"和"平平仄仄平平仄"中，五言第四字（或三、四两字）和七言第六字（或五、六两字）该用平

声而用了仄声，这种拗句应尽量避免，如果用了就必须要补救，在对句的五言第三字，七言第五字用一个平声字作为补偿。这是对句相救。平仄格式变为"中仄中仄仄，平平平仄平"和"中平中仄中仄仄，中仄平平平仄平"。

例：

远送从**此**别，青山**空**复情。（杜甫《奉济驿重送严公四韵》）

野火烧**不**尽，春风**吹**又生。（白居易《赋得古原草送别》）

南朝四百八**十**寺，多少楼台**烟**雨中。（杜牧《江南春》）

③半拗与孤平同救：如果半拗句（如①所举例）的对句又是一个孤平句（如（1）所举例），则在救孤平的同时，还要把上句的半拗补救过来。具体指的是出句"仄仄平平仄"和"平平仄仄平平仄"中，五言第三字和七言第五字该用平声而用了仄声，同时五言对句第一字和七言对句第三字拗，该用平声而用了仄声（犯了孤平），就在五言对句第三字和七言对句第五字，换用一个平声字，这样既救了本句的孤平，又救了上句的半拗，也叫"一平双救"。平仄格式变为"中仄仄平仄，仄平平仄平""中平中仄仄平仄，中仄仄平平仄平"。

例：

木落雁南渡，**北**风江上寒。（孟浩然《早寒江上有怀》）

溪云初起**日**沉阁，山雨**欲**来**风**满楼。（许浑《咸阳城东楼》）

野桃含笑**竹**篱短，溪柳**自**摇**沙**水清。（苏轼《新城道中二首（其一）》）

儿童相见**不**相识，笑问**客**从何处来。（贺知章《回乡偶书》）

④拗句与孤平同救：如果拗句（如②所举例）的对句又是一个孤平句（如（1）所举例），则在救孤平的同时，还要把上句的拗补救过来。具体指的是出句"仄仄平平仄"和"平平仄仄平平仄"中，五言第四字（或三、四两字）和七言第六字（或五、六两字）该用平声而用了仄声，同时五言对句第一字和七言对句第三字拗，该用平声而用了仄声（犯了孤平），就在五言对句第三字和七言对句第五字，换用一个平声字，这样既救了本

句的孤平，又救了上句的拗，也叫"一平双救"。句式变成了"中仄中仄仄，仄平平仄平"和"中平中仄中仄仄，中仄仄平平仄平"。

例：

人事有代谢，往来成古今。(孟浩然《与诸子登岘山》)

一身报国有万死，双鬓向人无再青。(陆游《夜泊水村》)

比较以上四种拗救可以发现，在"仄仄平平仄"和"平平仄仄平平仄"的出句中，五言的第三字或第四字拗（或三、四两字拗），七言的第五字或第六字拗（或五、六两字拗），补救的方法都是在五言对句"平平仄仄平"的第三字，或七言对句"仄仄平平仄仄平"的第五字用一个平声字来补偿。而且对句第三字或第五字的补救同时又可以补救本句的孤平，是一平双救。

这个平仄类型句式中五言的第一字、七言的第三字可平可仄，可以变化为"平仄平平仄""中平平仄平平仄"，这两个是合律的平仄格式，是不用救的。

（3）五言平起仄收句：平平平仄仄、仄仄平平平仄仄（七言仄起仄收）

在"平平平仄仄"和"仄仄平平平仄仄"句式中，在五言的第三字位置，七言的第五字位置该用平声而用了仄声，就在五言第四字位置，七言第六字位置补回一个平声字，这种格式就变为"平平仄平仄"，七言就变为"中仄平平仄平仄"。这两个平仄格式使用很广，也称为准律句。在这两个准律句中，要注意五言的第一个字和七言的第三个字必须用平声。

例：

仍怜故乡水，万里送行舟。(李白《渡荆门送别》)

何时倚虚幌，双照泪痕干。(杜甫《月夜》)

正是江南好风景，落花时节又逢君。(杜甫《江南逢李龟年》)

直道相思了无益，未妨惆怅是清狂。(李商隐《无题》)

在这个句式中，五言的第一字和七言的第三字可以换作仄声，句式变为"仄平平仄仄"和"中仄仄平平仄仄"。这两个是合律的平仄格式，是不用救的。

（4）五言仄起平收句：仄仄仄平平、平平仄仄仄平平（七言平起平收）

五言的第一字和七言的第三字可以换作平声，句式变化为"平仄仄平平"和"中平平仄仄平平"。这两个是合律的平仄格式，是不用救的。

这个句式要注意五言的第三字和七言的第五字不能改成平声字，否则就成了"三平尾"，末尾连续三个平声字是诗中大忌，需要避免。这个句式不存在拗救。

以上拗救形式是对前人诗例的综合整理，需要说明的是，七言句的第一个字可平可仄，第二个字不能改变，所以七言句的拗救形式和五言句是一样的。拗救是创作时为了格律的需要而进行的补救，了解这些句式，是为了能更好地读懂格律诗。我们现在学习写诗词应该从严格遵循格律做起，尽量少用需要拗救的句式。

3. 三平尾和三仄尾

律诗中不允许出现三平尾，也叫三平调，如"仄仄平平平""平平仄仄平平平"。同时也应尽量避免三仄尾，如"平平仄仄仄""仄仄平平仄仄仄"。虽然唐人作品中有不少三仄尾的例子，但我们现在学习诗词创作时还是应尽量避免，注意诗词格律的严谨。

4. 一三五不论、二四六分明

"一三五不论，二四六分明"的常用口诀是平仄格式中各字平仄安排的变通规定，即是说在律句之中，第一、三、五字可以用平声字也可以用仄声字，而第二、四、六字则必须平仄分明，不能任意换用。这种规定使得对平仄声字的运用变得灵活，诗人作诗时不致被平仄格律束缚得太死，不因词而害意。但这个规定又有限定，不能一概而论，如在五言"平平仄仄平"这个句式中，第一字不能不论，在七言"仄仄平平仄仄平"这个句式中，第三字不能不论，否则就要犯孤平。在"平平仄平仄"和"仄仄平平仄平仄"这两个特定律句中，五言第一字和七言第三字也不能不论。再如，对于"平平"脚的句子即"仄仄仄平平"和"平平仄仄仄平平"来说，前者第三字、后者第五字也不能不论，否则会出现"三平尾"，这是近体诗的大忌，必须避免。

再看"二四六分明"这句话也是不全面的，五言第二字"分明"是对的，七言第二、四字"分明"是对的，而五言第四字、七言第六字，就不一定分明。如准律句"平平仄平仄"，第四字不一定分明；准律句"仄仄平平仄平仄"，第六字不一定分明。又如五言"仄仄平平仄"这个句式，可以换成"仄仄平仄仄"，只需在对句第三字补偿一个平声字就可以了，七言以此类推。

因此"一三五不论，二四六分明"的使用是有限定的，前提是要遵守格律的要求，要根据具体情况来分析和判断。

诗词的节奏

诗词的节奏和语句的结构有密切的关系，诗词的一般节奏也就是律句的节奏。王力先生的《诗词格律》中说，律句的节奏是以每两个音节（两个字）作为一个节奏单位的，奇数句如三字句、五字句和七字句最后都有一个单音节字，这最后一个字就单独成为一个节奏单位，单音节使诗句更具有韵律的顿挫、变化之美。三字句按节奏单位划分是二一，五字句按节奏单位划分是二二一，七字句按节奏单位划分是二二二一，偶数句如四字句按节奏单位划分是二二，六字句按节奏单位划分是二二二。具体情况如下：

三字句：平平—仄、仄仄—平、平仄—仄、仄平—平

四字句：平平—仄仄、仄仄—平平

五字句：仄仄—平平—仄、平平—仄仄—平、平平—平仄—仄、仄仄—仄平—平

六字句：仄仄—平平—仄仄、平平—仄仄—平平

七字句：平平—仄仄—平平—仄、仄仄—平平—仄仄—平、仄仄—平平—平仄—仄、平平—仄仄—仄平—平

由此看来,"一三五不论,二四六分明"这两句口诀是有理论依据的,其中所说的第二、第四、第六字在节奏点上,所以需要分明,而第一、第三、第五字不在节奏点上,所以可以不论,这也说明了在节奏点上的字平仄的重要性。

王力先生认为,节奏可以看作诗句的声律单位,诗句中还有意义单位,意义单位一般指一个词(包括复音词)、一个词组、一个介词结构(介词及其宾语),或一个句子形式,一般情况下,意义单位和声律单位常常是一致的。我们可以把诗句按节奏来分开,而每一个双音节奏常常是和一个双音词、一个词组或一个句子形式相对应的。例如:

花影—乱,莺声—碎。(秦观《千秋岁·谪虔州日作》)

乱石—穿空,惊涛—拍岸。(苏轼《念奴娇·赤壁怀古》)

潮平—两岸—阔,风正—一帆—悬。(王湾《次北固山》)

燕子—来时—新社,梨花—落后—清明。(晏殊《破阵子·春景》)

林花—著雨—燕脂—落,水荇—牵风—翠带—长。(杜甫《曲江对雨》)

根据表达意义的需要,单音节的位置不仅可以置于句末,还可移动置于句中。即把三字尾中单音节的节奏点移动到前面,这样一来,三字句按节奏单位划分就是一二,五字句按节奏单位划分就是二一二,七字句按节奏单位划分就是二二一二,具体情况如下:

三字句:平—平仄、仄—仄平、平—仄仄、仄—平平

五字句:仄仄—平—平仄、平平—仄—仄平、平平—平—仄仄、仄仄—仄—平平

七字句:平平—仄仄—平—平仄、仄仄—平平—仄—仄平、仄仄—平平—平—仄仄、平平—仄仄—仄—平平

例如:

燎—沉香,消—溽暑。(周邦彦《苏幕遮》)

海内—存—知己,天涯—若—比邻。(王勃《送杜少府之任蜀州》)

春蚕—到死—丝—方尽,蜡炬—成灰—泪—始干。(李商隐《无题》)

综合来看,五字句和七字句都可以分为两个较大的节奏单位,五字句

可分为二三，七字句可分为四三，大多数律句符合这种节奏划分。但是，有的律句节奏单位和语法结构并不一致，诗人们在写作时，为了情志表达的需要，也会打破音律节奏，例如：

星—临万户—动，月—傍九霄—多。（杜甫《春宿左省》）山—随平野—尽，江—入大荒—流。（李白《渡荆门送别》）按语法结构都应分为一三一。

味—岂同—金菊，香—宜配—绿葵。（杜甫《佐还山后寄三首（其一）》按语法结构应分为一二二。

名—岂文章著，官—应老病休。（杜甫《旅夜书怀》）按语法结构应分为一四。

寻觅诗章—在，思量岁月—惊。（元稹《遣行》）按语法结构应该分为四一。

一点烽—传散关信，两行雁—带杜陵秋。（陆游《秋晚登城北门》）渔人网—集澄潭下，贾客船—随返照来。（杜甫《野老》）按语法结构应分为三四。

永夜角声悲—自语，中天月色好—谁看。（杜甫《宿府》）按语法结构应该分为五二。

风物—长宜放眼量。（毛泽东《和柳亚子先生》）粪土—当年万户侯。（毛泽东《沁园春·长沙》）按语法结构应分为二五。

当诗句的语法结构和常规的节奏不一致时，往往能吸引人的注意，起到一定的审美效果。

词谱中有大量的律句，其节奏和诗的律句是一样的，词的节奏又有自己的特点，主要是那些非律句的节奏（详见"词的平仄格式"）。

绝句及律诗的平仄格式

五言的平仄有四个类型，由此可以组成以下两联：

｜｜－－｜，－－｜｜－；
　　－－－｜｜，｜｜｜－－。

由这两联的错综变化，就可以构成五言的四种平仄格式，其中有两种基本格式，其余两种都是在基本格式上稍有变化。标出其中可平可仄的地方，就是以下两联：

　　＋｜－－｜，－－＋｜－；
　　＋－－｜｜，＋｜｜－－。

同理，标出七言中可平可仄的地方，就是以下两联：

　　＋－＋｜－－｜，＋｜－－＋｜－。
　　＋｜＋－－｜｜，＋－＋｜｜－－。

根据首句起声的平仄（主要是指首句第二字的平仄）以及首句句脚是否押韵，可以将律诗和绝句分为"首句平起入韵式"和"首句平起不入韵式"以及"首句仄起入韵式"和"首句仄起不入韵式"四种格式。

1. 五绝的平仄格式

（1）五绝首句平起式的平仄格式

五绝（首句平起式）	
第一联（首联）	第二联（尾联）
＋－－｜｜(句)＋｜｜－－(韵) 首句不入韵式	＋｜－－｜(句)－－＋｜－(韵)
－－＋｜－(韵)＋｜｜－－(韵) 首句入韵式	

注：以上五绝平起式，只有首句入韵和不入韵的不同，其他句式一样。

①五绝首句平起不入韵式：

例：

山　中

王勃

长江悲已滞，万里念将归。
况属高风晚，山山黄叶飞。

＋ー ー｜｜（句）＋｜｜ー ー（韵）

　　＋｜ー ー｜（句）ー ー＋｜ー（韵）

②五绝首句平起入韵式：

例：

闺人赠远五首（其一）

王维

花明绮陌春，柳拂御沟新。

为报辽阳客，流芳不待人。

　　ー ー＋｜ー（韵）＋｜｜ー ー（韵）

　　＋｜ー ー｜（句）ー ー＋｜ー（韵）

（2）五绝首句仄起式的平仄格式

五绝（首句仄起式）	
第一联（首联）	第二联（尾联）
＋｜ー ー｜（句）ー ー＋｜ー（韵） 首句不入韵式	＋ー ー｜｜（句）＋｜｜ー ー（韵） 正格
＋｜｜ー ー（韵）ー ー＋｜ー（韵） 首句入韵式	

注：以上五绝仄起式，只有首句入韵和不入韵的不同，其他句式一样。

①五绝首句仄起不入韵式：

例：

风

李峤

解落三秋叶，能开二月花。

过江千尺浪，入竹万竿斜。

　　＋｜ー ー｜（句）ー ー＋｜ー（韵）

　　＋ー ー｜｜（句）＋｜｜ー ー（韵）

②五绝首句仄起入韵式：

例：

塞下曲

卢纶

月黑雁飞高，单于夜遁逃。

欲将轻骑逐，大雪满弓刀。

+ | | — —（韵） — — + | —（韵）

+ — | |（句） + | | — —（韵）

2. 五律的平仄格式

（1）五律首句平起式的平仄格式

五律(首句平起式)	
第一联(首联)	第二联(颔联)
+ — —	|(句)+		— —(韵) 平起不入韵式 — — +	—(韵)+		— —(韵) 平起入韵式	+	— — |(句)— — +	—(韵)
第三联(颈联)	第四联(尾联)
+ — —		(句)+		— —(韵)	+	— —	(句)— — +	—(韵)

注：以上五律平起式，只有首句入韵和不入韵的不同，其他句式一样。

①五律首句平起不入韵式：

例：

山居秋暝

王维

空山新雨后，天气晚来秋。

明月松间照，清泉石上流。

竹喧归浣女，莲动下渔舟。

随意春芳歇，王孙自可留。

$$+--||（句）+||--（韵）$$
$$+|--|（句）--+|-（韵）$$
$$+--||（句）+||--（韵）$$
$$+|--|（句）--+|-（韵）$$

②五律首句平起入韵式：

例：

晚　晴

李商隐

深居俯夹城，春去夏犹清。

天意怜幽草，人间重晚晴。

并添高阁迥，微注小窗明。

越鸟巢干后，归飞体更轻。

$$--+|-（韵）+||--（韵）$$
$$+|--|（句）--+|-（韵）$$
$$+--||（句）+||--（韵）$$
$$+|--|（句）--+|-（韵）$$

（2）五律首句仄起式的平仄格式

五律（首句仄起式）	
第一联（首联）	第二联（颔联）
+|--|(句)--+|-(韵) 仄起不入韵式 +||--(韵)--+|-(韵) 仄起入韵式	+--||(句)+||--(韵)
第三联（颈联）	第四联（尾联）
+|--|(句)--+|-(韵)	+--||(句)+||--(韵)

注：以上五律仄起式，只有首句入韵和不入韵的不同，其他句式一样。

①五律首句仄起不入韵式：
例：

春　望
杜甫

国破山河在，城春草木深。
感时花溅泪，恨别鸟惊心。
烽火连三月，家书抵万金。
白头搔更短，浑欲不胜簪。

+｜——｜（句）——+｜—（韵）
+——｜｜（句）+｜｜——（韵）
+｜——｜（句）——+｜—（韵）
+——｜｜（句）+｜｜——（韵）

②五律首句仄起入韵式：
例：

终南山
王维

太乙近天都，连山到海隅。
白云回望合，青霭入看无。
分野中峰变，阴晴众壑殊。
欲投人处宿，隔水问樵夫。

+｜｜——（韵）——+｜—（韵）
+——｜｜（句）+｜｜——（韵）
+｜——｜（句）——+｜—（韵）
+——｜｜（句）+｜｜——（韵）

3. 七绝的平仄格式

（1）七绝首句平起式的平仄格式

七绝（首句平起式）	
第一联（首联）	第二联（尾联）
＋—＋｜——｜(句)＋｜——＋｜—(韵) 平起不入韵式	＋｜＋——｜｜(句)＋—＋｜｜——(韵)
＋—＋｜｜——(韵)＋｜——＋｜—(韵) 平起入韵式	

注：以上七绝平起式，只有首句入韵和不入韵的不同，其他句式一样。

①七绝首句平起不入韵式：

例：

大林寺桃花

白居易

人间四月芳菲尽，山寺桃花始盛开。

长恨春归无觅处，不知转入此中来。

＋—＋｜——｜（句）＋｜——＋｜—（韵）

＋｜＋——｜｜（句）＋—＋｜｜——（韵）

②七绝首句平起入韵式：

例：

望天门山

李白

天门中断楚江开，碧水东流至此回。

两岸青山相对出，孤帆一片日边来。

＋—＋｜｜——（韵）＋｜——＋｜—（韵）

＋｜＋——｜｜（句）＋—＋｜｜——（韵）

(2) 七绝首句仄起式的平仄格式

七绝(首句仄起式)	
第一联(首联)	第二联(尾联)
+｜+——｜｜(句)+—+｜｜——(韵) 仄起不入韵式	+—+｜——｜(句)+｜——+｜—(韵)
+｜——+｜—(韵)+—+｜｜——(韵) 仄起入韵式	

注：以上七绝仄起式，只有首句入韵和不入韵的不同，其他句式一样。

① 七绝首句仄起不入韵式：

例：

九月九日忆山东兄弟

王维

独在异乡为异客，每逢佳节倍思亲。

遥知兄弟登高处，遍插茱萸少一人。

+｜+——｜｜(句)+—+｜｜——(韵)

+—+｜——｜(句)+｜——+｜—(韵)

② 七绝首句仄起入韵式：

例：

春　　日

朱熹

胜日寻芳泗水滨，无边光景一时新。

等闲识得东风面，万紫千红总是春。

+｜——+｜—(韵)+—+｜｜——(韵)

+—+｜——｜(句)+｜——+｜—(韵)

4. 七律的平仄格式

（1）七律首句平起式的平仄格式

七律(首句平起式)	
第一联(首联)	第二联(颔联)
＋—＋｜——｜(句)＋｜——＋｜—(韵) 平起不入韵式 ＋—＋｜——(韵)＋｜——＋｜—(韵) 平起入韵式	＋｜＋——｜｜(句)＋—＋｜｜——(韵)
第三联(颈联)	第四联(尾联)
＋—＋｜——｜(句)＋｜——＋｜—(韵)	＋｜＋——｜｜(句)＋—＋｜｜——(韵)

注：以上七律平起式，只有首句入韵和不入韵的不同，其他句式一样。

① 七律首句平起不入韵式：

例：

客　　至

杜甫

舍南舍北皆春水，但见群鸥日日来。

花径不曾缘客扫，蓬门今始为君开。

盘飧市远无兼味，樽酒家贫只旧醅。

肯与邻翁相对饮，隔篱呼取尽余杯。

＋—＋｜——｜（句）＋｜——＋｜—（韵）

＋｜＋——｜｜（句）＋—＋｜｜——（韵）

＋—＋｜——｜（句）＋｜——＋｜—（韵）

＋｜＋——｜｜（句）＋—＋｜｜——（韵）

② 七律首句平起入韵式：

例：

江　　村

杜甫

清江一曲抱村流，长夏江村事事幽。

自去自来堂上燕，相亲相近水中鸥。

老妻画纸为棋局，稚子敲针作钓钩。

但有故人供禄米，微躯此外更何求。

+—+||——（韵）+|——+|—（韵）

+|+——||（句）+—+||——（韵）

+—+||——（句）+|——+|—（韵）

+|+——||（句）+—+||——（韵）

（2）七律首句仄起式的平仄格式

七律(首句仄起式)	
第一联(首联)	第二联(颔联)
+│+— —││(句)+— +││— —(韵) 仄起不入韵式 +│— —+│—(韵)+— +││— —(韵) 仄起入韵式	+— +│— —│(句)+│— —+│—(韵)
第三联(颈联)	第四联(尾联)
+│+— —││(句)+— +││— —(韵)	+— +│— —│(句)+│— —+│—(韵)

注：以上七律仄起式，只有首句入韵和不入韵的不同，其他句式一样。

①七律首句仄起不入韵式：

例：

闻官军收河南河北

杜甫

剑外忽传收蓟北，初闻涕泪满衣裳。

却看妻子愁何在，漫卷诗书喜欲狂。

白日放歌须纵酒，青春作伴好还乡。

即从巴峡穿巫峡，便下襄阳向洛阳。

+|+——||（句）+—+||——（韵）

+—+||—|（句）+|——+|—（韵）

+|+——||（句）+—+||——（韵）

　　　　　＋―＋｜――｜（句）＋｜――＋｜―（韵）

②七律首句仄起入韵式：

例：

无　　题

李商隐

相见时难别亦难，东风无力百花残。
春蚕到死丝方尽，蜡炬成灰泪始干。
晓镜但愁云鬓改，夜吟应觉月光寒。
蓬山此去无多路，青鸟殷勤为探看。

　　　　＋｜――＋｜―（韵）＋―＋｜｜――（韵）
　　　　＋―＋｜――｜（句）＋｜――＋｜―（韵）
　　　　＋｜＋―｜｜―（句）＋―＋｜｜――（韵）
　　　　＋―＋｜――｜（句）＋｜――＋｜―（韵）

　　以上是律诗和绝句的所有平仄格式，现在一般认为绝句是截取律诗的一半而成，有截取律诗的首尾两联，有截取律诗的后半首，有截取律诗的前半首以及截取律诗的中两联这四种形式，根据截取的位置，绝句可以使用对仗（也可以不用）。但无论是哪一种形式，都同样要遵守近体诗的格律要求。

　　学习写诗词，一定要掌握几种律句，并会根据"粘对"等基本规律掌握律句的排列组合及格式。初学时可以通过熟读、背诵经典例诗，根据例诗去体会这几种平仄格式。这样熟能生巧，逐渐掌握近体诗的格律，扫清障碍，就能进入相对自由的写作阶段。

词的平仄格式

　　词又称长短句，从一字到十一字句都有，句式参差不齐变化多样，但词的句式多由近体诗的五言、七言律句变化而来，两者有密切的关系。词句常常不讲究粘对，有些词句虽然是律句，但平仄不是对立的。

1. 词的各种句式及平仄格式

（1）一字句

一字句在词中很少见，有平和仄两种，一般要求押韵。如《十六字令》和《苍梧谣》的开头一字平，以及《钗头凤》的前后段结句末三字的一字仄。

（2）二字句

二字句在词中也较为少见，大部分都入韵，有"平平""仄仄""平仄""仄平"四种形式，其中"平平"和"平仄"使用相对较多，"平平"如《南乡子》前后段第四句，"平仄"如《定风波》开头第四句和下片第二句、第五句及《河传》开头两句。二字句常用作叠句，如《调笑令》开头的"平仄，平仄"、《如梦令》五六句的"平仄，平仄"前后两句的两字完全相同。

（3）三字句

三字句是较常用的句式，通常用在词的首句、结句和换头处，一般看作律句的三字尾，三字句的句式很多，常见的句式有：平平仄、平仄仄、仄平平、仄仄平。有的词中三字句用得较多，如《六州歌头》正体有二十三句三言，《三字令》正体全首十六句都是三言。

（4）四字句

四字句是词的基本句式之一，可以看成七言律句的前四字，有仄脚和平韵两种基本句式。用四字句最多的如《风云归》接连十句四言，《水龙吟》等调接连六句四言，《柳梢青》等调上片六句全为四言，《人月圆》下片六句全为四言，《永遇乐》上下片各有七句四言。四字句的句式有以下几种：

①上二下二。这是最常见的四字句的句式，节奏点都在偶数字上。如"乱石穿空，惊涛拍岸"（苏轼《念奴娇·赤壁怀古》）。

②上一下三。第一字是领字，如辛弃疾《永遇乐·京口北固亭怀古》后段第二句"封狼居胥"（狼居胥是山名，属于专有名词，不能拆分），又如"登宝钗楼，访铜雀台"（刘克庄《沁园春·梦孚若》）。

③上三下一。如"余杭门外，飞雪似杨花"（苏轼《少年游·润州

作》)。又如"第四桥边,拟共天随住"(姜夔《点绛唇·丁未冬过吴松作》)。

④一二一。见《水龙吟》后段结句,如"念征衣未捣,佳人拂杵,有盈盈泪"(苏轼《水龙吟·露寒烟冷蒹葭老》),又如"倩何人唤取,红巾翠袖,揾英雄泪"(辛弃疾《水龙吟·登建康赏心亭》),又如《雨霖铃》前段第二句"寒蝉凄切,对长亭晚,骤雨初歇"(柳永《雨霖铃》)。

(5) 五字句

除有领字的五字句外,句式和五言律句基本相同,以上二下三句式为最多,还有上一下四和上三下二的。词中五字句多有拗句,如《寿楼春》首句五字都是平声。词中用五字句较多的有《生查子》等,也有全首均为五言,如《醉花间》下片全为五言。五字句的句式有以下几种:

①上二下三。句式和五言律句基本相同,有"仄仄平平仄""平平仄仄平""平平平仄仄""仄仄仄平平"四种句式,可平可仄处与五言律句相同。如"春山烟欲收,天淡星稀小"(牛希济《生查子》)、"青山无限好,犹道不如归"(晁补之《临江仙·信州作》)。

②上一下四。第一字多为领字,多为仄声,宜用去声。后四字根据词牌格式有"平平仄仄"和"仄仄平平"。前者如《水龙吟》前后段第九句,后者如《摸鱼儿》前段第八句、后段第九句。

③上三下二。较为少见,作者多根据表达需要对句式灵活运用,如姜夔《齐天乐·蟋蟀》后段结句"一声声更苦",纳兰性德《临江仙·寒柳》后段结句"吹不散眉弯",按照词谱,这两处本应都是"上二下三"的五言律句。

(6) 六字句

六字句的平仄格式有"平平仄仄平平"(第一、三字可平可仄,但不宜同仄)和"仄仄平平仄仄"(第一、三、五字可平可仄,但第三、五字不宜同仄);还有一种比较常见的拗句"平平仄仄平仄"(第一、三字可平可仄,但不宜同仄)。如《念奴娇》前后段结句"一时多少豪杰"(苏轼《念奴娇·赤壁怀古》)。词中有全首六言十句的如《寿山曲》,有全首六言八句的如《谪仙怨》,有全首六言六句的如《何满子》,有全首六言四的如《塞姑》《三台》。六字句的句式有以下几种：

①上二下四和上四下二。两者都是"二二二"结构，节奏点都在偶数字上。"上二下四"如辛弃疾《破阵子·为陈同甫赋壮词以寄之》前段一、二句"醉里挑灯看剑，梦回吹角连营"，而后段一、二句"马作的卢飞快，弓如霹雳弦惊"，为"上四下二"句式。

②上三下三。在词中常见，需要加顿号，前后两部分分别按三字句来安排平仄。如"无人会、登临意"（辛弃疾《水龙吟·登建康赏心亭》），又如"又还被、莺呼起"（苏轼《水龙吟·次韵章质夫杨花词》）。

③上一下五。词中少见，第一字多为领字，宜用去声，后五字的平仄格式多为五字句的平仄格式。如"但目送芳尘去"（贺铸《青玉案》）。

(7) 七字句

七字句句式多数和律句相同，但也有拗句。词中有全首像七言绝句的如《清平调》《渭城曲》《采莲子》《杨柳枝》等，有双调全为七言的，六句的如《浣溪沙》，八句的如《玉楼春》《瑞鹧鸪》。七字句的句式有以下几种：

①上二下五和上四下三。两者并无本质区别，都是"二二三"结构，句式和七言律句的四种句式基本相同。"上二下五"如"多情自古伤离别"（柳永《雨霖铃》）。"上四下三"如"山下兰芽短浸溪，松间沙路净无泥"（苏轼《浣溪沙》）。

②上三下四。为词中常见，需要加顿号，前后两部分分别按三字句、四字句来安排平仄。如《满庭芳》前后段第七句，《雨霖铃》前段第八句和后段第四句、第七句等。

③上一下六。第一字多为领字，宜用去声，后六字的平仄格式多为六字句的平仄格式，如"但寒烟衰草凝绿"（王安石《桂枝香》），又如"念去去千里烟波"（柳永《雨霖铃》）。

(8) 八字句

八字句的句式有"上二下六""上三下五"和"上一下七"。

①上二下六。词中不多见，相当于二字豆领起六字句，如《雨霖铃》后段第六句，如"应是良辰美景虚设"（柳永《雨霖铃》），又如"终被阁

罗老子相屈"（王安石《雨霖铃·孜孜矻矻》）。

②上三下五。词中较常见，需要加顿号，前后两部分分别按三字句、五字句来安排平仄。第三字如果用仄声，第五字必须用平声；第三字如果用平声，第五字必须用仄声。下五字一般都用律句。如"待从头、收拾旧山河"（岳飞《满江红》），又如"误几回、天际识归舟"（柳永《八声甘州》），又如"但屈指、西风几时来"（苏轼《洞仙歌》）。

③上一下七。词中不多见，有时与"上三下五"句式相通。如《沁园春》后段第二句，如"把平生涕泪都飘尽"（朱彝尊《解佩令》），又如"对潇潇暮雨洒江天"（柳永《八声甘州》）。

（9）九字句

九字句大都是上二下七、上三下六、上四下五、上五下四和上六下三的句式。

①上二下七。相当于是二字豆领起七字句，如"恰似一江春水向东流"（李煜《虞美人》），又如"无奈朝来寒雨晚来风""自是人生长恨水长东"（李煜《相见欢》）等。

②上三下六。需要加顿号，前后两部分分别按三字句、六字句来安排平仄。如"谁念我、重见冷枫红舞"（姜夔《法曲献仙音》），又如"浪淘尽、千古风流人物"（苏轼《念奴娇·赤壁怀古》），又如"相逢处、自有暗尘随马"（周邦彦《解语花·上元》）。

③上四下五。需要加顿号，前后两部分分别按四字句、五字句来安排平仄。如"锦帽貂裘、千骑卷平冈"（苏轼《江城子·密州出猎》），又如"那人却在、灯火阑珊处"（辛弃疾《青玉案·元夕》）。

④上五下四。实际上是"一、四、四"，如"驾长车踏破、贺兰山缺"（岳飞《满江红》），又如"放一轮明月、交光清夜"（柳永《望远行》）。

⑤上六下三。需要加顿号，前后两部分分别按六字句、三字句来安排平仄。如"声绕碧山飞去、晚云留"（苏轼《南歌子·游赏》）。

（10）十字句

十字句在词中少见，大都是上三下七，下七多是律句。如"见说道、天涯芳草无归路""君不见、玉环飞燕皆尘土"(辛弃疾《摸鱼儿》)。

(11) 十一字句

十一字句一般是上六下五或上四下七，下五、下七多是律句，均用逗号分隔。如"不知天上宫阙，今夕是何年""又恐琼楼玉宇，高处不胜寒"，又如"不应有恨，何事长向别时圆"(苏轼《水调歌头·明月几时有》)。

2. 词的领字

词中有领字，这是近体诗所没有的。领字是在句前起统领作用的字，其数目一般为一个至三个，又称"一字豆""二字豆""三字豆"，"豆"就是"逗"，是句中稍作停顿的意思。豆前常用虚字作领字，以一字使用最多。领字多用在词意转折处，使上下句意承接，起到连接和过渡的作用。

在慢词长调中，领字用得最多，在一词中常用几处领字。尤其是一些词牌中，某些位置指定要用领字，如《洞仙歌》中上片第二句、下片第七句与第八句的第一字均为领字；《满江红》下片第五句第一字为领字；《暗香》上片第五字、下片第六字，均为领字；《琐窗寒》下片第六字为领字；《八声甘州》中上片第一句为八字句时，上片第三句、下片第四句的首字为领字；《好事近》上下片最后一句首字为领字。

在慢词长调中，使用领字能使词的音韵铿锵流转、节奏疏密有致，使全词富有灵动的气韵。在小令中则很少使用领字。

(1) 一字作领字

大多是去声或入声字。常用作领字的单字有"任、看、正、待、乍、怕、总、问、爱、奈、似、但、料、想、算、叹、方、应、莫、况、对、须、趁、漫、惜、恐、笑、竟、渐、望、念"等。

一字领单句，如"想绣阁深沉"(柳永《倾杯乐》)，"但暗忆江南江北"(姜夔《疏影》)，"似笑我闭门愁寂"(周邦彦《应天长》)。

一字领二句，在词中使用最多，如"探风前津鼓，树杪参旗"(周邦彦《夜飞鹊》)，"叹年来踪迹，何事苦淹留"(柳永《八声甘州》)，"念桥边红药，年年知为谁生"(姜夔《扬州慢》)。

一字领三句，如"奈华岳烧丹，青豀看鹤，尚负初心"(陆游《木兰花慢》)。

一字领四句，如"渐月华收练，晨霜耿耿；云山摘锦，朝露漙漙"（苏轼《沁园春》）。

（2）二字作领字

常用字有"休说、安得、纵使、试问、莫非、还又、那堪、不堪、可堪、却将、莫非、还须、须知、须念、应念、敢问、不忘、不妨、不觉、犹觉、恰似、休说、已是、不是、便是、又是、况是、正是、漫道、料得、应是、却忆、未闻、更有、空余"等字。

二字领单句，如"应是绿肥红瘦"（李清照《如梦令》），"恰似一江春水向东流"（李煜《虞美人》）。

二字领二句，如"未省、宴处能忘管弦，醉里不寻花柳"（柳永《笛家弄》），"可堪孤馆闭春寒，杜鹃声里斜阳暮"（秦观《踏莎行》）。

二字领三句，如"应念岭表经年，孤光自照，肝胆皆冰雪"（张孝祥《念奴娇》）。

（3）三字作领字

常用字有"更能消、更那堪、却又是、又奈何、又还是、又谁知、又添得、又何妨、又何必、最堪怜、最妙处、最好是、只赢得、只落得、赏不尽、君不见、再休说、便似得、终不似、怎禁得、怕莫是、想当年、到如今、尚落得、莫辜负、都付与、且看那、望不断、不如向、怎奈向"等字。

三字领单句，如"更能消几番风雨"（辛弃疾《摸鱼儿》），又如"更那堪冷落清秋节"（柳永《雨霖铃》）。

三字领二句，如"不如向帘儿底下，听人笑语"（李清照《永遇乐》）。

三字领三句，如"怎奈向欢娱渐随流水，素弦声断，翠绡香减"（秦观《八六子》）。

词有多达两千余种的格式，每个词牌的字数、句数、句式、分片、平仄押韵及同一词牌的不同格式都有严格的规定，写词时要遵循填词的规则，严格依照词谱来填写。

第三章　诗词的押韵

韵及韵书

押韵是近体诗格律的基本规则，也称叶（音 xié）韵、协韵，指在规定位置上（一般是句子的最后一个字上），必须依照特定的韵书，使用同一韵部中的字。押韵能使朗诵或咏唱时声韵和谐，便于记忆及传诵，增强诗词的音乐美。

1. 韵

押韵与现代汉语中的韵母紧密相关，是汉语韵母之间的一种谐音现象。除单韵母以外的韵母可分为韵头、韵腹和韵尾。韵头是除去声母外韵母部分开头的第一个音素，韵头只有"i、u、ü"三种；韵腹是复韵母中发音最响亮的元音，如 ua 中的 a、ai 中的 a、iou 中的 o；韵尾是跟在韵腹后面的辅音或者元音，辅音如普通话 an 中的 n，iang 中的 ng；元音如普通话 ai 中的 i，ou 中的 u。

韵母可以没有韵头，没有韵尾，但一定会有韵腹，如音节 guang 的韵头、韵腹、韵尾分别是 u、a、ng，音节 ma 却只有韵腹 a。

韵书中的韵部，可以看作将韵腹相同或相近，韵尾相同或没有韵尾的字归并到一起的集合体。诗词中使用了同一韵部的地方称为韵脚。

2. 韵书

韵书是以韵母作为依据，对汉字分韵编排的工具书。

(1)《切韵》与早期的韵书及《平水韵》《佩文诗韵》《词林正韵》

中国最早有据可考的韵书是《切韵》，《切韵》由隋代陆法言执笔，是韵书史上具有里程碑意义的巨作，是前代韵书的继承和总结，也是后世传统韵书演变的基础，从唐代到清代，后世的韵书都是对《切韵》做的修订，在汉语语音史上有承前启后的重要作用。《切韵》共收入193韵，韵部分为平、上、去、入四部分，平声54韵，上声51韵，去声56韵，入声32韵，收1.15万字，每字均有释义，唐代初年被定为官韵。

《唐韵》出现在唐天宝年间，共195韵，其上、去二声都比《切韵》多一韵，收1.5万字，原作已佚失。《广韵》出现在宋大中祥符元年，是中国现存古代韵书的经典，共206韵，这本韵书流传极广，对后世的影响很大，但韵分得太细，不便于创作时使用。《集韵》成书于宋仁宗宝元二年。收字比《广韵》多一倍，使用时不太方便，流传和影响不及《广韵》。因《切韵》《广韵》的分韵都过于琐细，后来有了"同用"的规定，允许人们把邻近的韵合起来用。

南宋末年刘渊编著的《壬子新刊礼部韵略》，将206韵中可以通用的韵合并成107韵，因刘渊是江北平水人，"平水韵"因而得名。

清代康熙年间编著的《佩文诗韵》《佩文韵府》《诗韵合璧》把《平水韵》并为106个韵部，分平、上、去、入四声（平声分上下），是206韵《广韵》的一种略本。全篇韵表采用繁体字（正体字），以便于读者检索查找。每个韵部包含若干字，规定作律诗、绝句的用韵，韵脚的字必须出自同一韵部，不能出韵、错用。

《佩文诗韵》106个韵部如下：

上平声：一东、二冬、三江、四支、五微、六鱼、七虞、八齐、九佳、十灰、十一真、十二文、十三元、十四寒、十五删。

下平声：一先、二萧、三肴、四豪、五歌、六麻、七阳、八庚、九青、十蒸、十一尤、十二侵、十三覃、十四盐、十五咸。

上　声：一董、二肿、三讲、四纸、五尾、六语、七麌、八荠、九蟹、十贿、十一轸、十二吻、十三阮、十四旱、十五潸、十六铣、十七筱、十八巧、十九皓、二十哿、二十一马、二十二养、二十三梗、二十四迥、二十五有、二十六寝、二十七感、二十八俭、二十九豏。

去　声：一送、二宋、三绛、四寘、五未、六御、七遇、八霁、九泰、十卦、十一队、十二震、十三问、十四愿、十五翰、十六谏、十七霰、十八啸、十九效、二十号、二十一个、二十二祃、二十三漾、二十四敬、二十五径、二十六宥、二十七沁、二十八勘、二十九艳、三十陷。

入　声：一屋、二沃、三觉、四质、五物、六月、七曷、八黠、九屑、十药、十一陌、十二锡、十三职、十四缉、十五合、十六叶、十七洽。

《词林正韵》是由清人戈载编著。该书共三卷，分平、上、去三声为十四部，入声为五部，一共是十九个韵部。这部书主要是戈载依据前人作词用韵的情况归纳的词韵，是以北方官话为基础语音，对"平水韵"（切韵音系）106韵中邻近的韵部加以整合，使用起来更加宽缓实用，对后世词人影响极大，流传通用至今。

《词林正韵》19个韵部如下：

第一部　平声：一东、二冬通用

　　　　上声：一董、二肿

　　　　去声：一送、二宋通用

第二部　平声：三江、七阳通用

　　　　上声：三讲、二十二养

　　　　去声：三绛、二十三漾通用

第三部　平声：四支、五微、八齐、十灰（半）通用

　　　　上声：四纸、五尾、八荠、十贿（半）

　　　　去声：四寘、五未、八霁、九泰（半）、十一队（半）通用

第四部　平声：六鱼、七虞通用

上声：六语、七麌

去声：六御、七遇通用

第五部　平声：九佳（半）、十灰（半）通用

上声：九蟹、十贿（半）

去声：九泰（半）、十卦（半）、十一队（半）通用

第六部　平声：十一真、十二文、十三元（半）通用

上声：十一轸、十二吻、十三阮（半）

去声：十二震、十三问、十四愿（半）通用

第七部　平声：十三元（半）、十四寒、十五删、一先通用

上声：十三阮（半）、十四旱、十五潸、十六铣

去声：十四愿（半）、十五翰、十六谏、十七霰通用

第八部　平声：二萧、三肴、四豪通用

上声：十七筱、十八巧、十九皓

去声：十八啸、十九效、二十号通用

第九部　平声：五歌独用

上声：二十哿

去声：二十一个通用

第十部　平声　九佳（半）、六麻通用

上声：二十一马

去声：十卦（半）、二十二祃通用

第十一部　平声：八庚、九青、十蒸通用

上声：二十三梗、二十四迥

去声：二十四敬、二十五径通用

第十二部　平声：十一尤独用

上声：二十五有

去声：二十六宥通用

第十三部　平声：十二侵独用

　　　　　　　上声：二十六寝
　　　　　　　去声：二十七沁通用
　　第十四部　平声：十三覃、十四盐、十五咸通用
　　　　　　　上声：二十七感、二十八俭、二十九豏
　　　　　　　去声：二十八勘、二十九艳、三十陷通用
　　第十五部　入声：一屋、二沃通用
　　第十六部　入声：三觉、十药通用
　　第十七部　入声：四质、十一陌、十二锡、十三职、十四缉通用
　　第十八部　入声：五物、六月、七曷、八黠、九屑、十六叶通用
　　第十九部　入声：十五合、十七洽通用

　　以现代汉语拼音看平水韵的韵部，会发现很多字存在音韵不谐的情况，如"十三元"情况就比较复杂，在使用韵字时，十三元韵部中"魂、浑、温、孙"等字，很容易和上平声的"十一真""十二文"混淆；而"元、烦、言、轩"的读音又很容易和上平声的"十四寒""十五删"，下平声的"一先""十四盐""十五咸"混淆。这是由于平水韵对于韵部的归并不合理造成的。

　　因为古韵的韵部划分杂糅，分韵过多过细，加上语音的演变和汉语拼音（去掉了入声字）的推广，使得当今的诗词作者在判断和选择韵部时遇到了不少的困难，新韵也就应运而生了。

　　（2）《诗韵新编》

　　随着现代语言的发展，不少音韵专家在推进语音统一方面做了不少工作，最具代表性的成果，就是1941年国语推行委员会黎锦熙先生主编的《中华新韵》，《中华新韵》以国音（民国时期的官话）为基础语音，将全部汉字划分为18个韵部。

　　《诗韵新编》（十八韵中华新韵）是按照现代汉语规范化读音用韵，为旧体诗作者编写总结的一套"新韵"，是在黎锦熙先生主编的《中华新韵》(18韵)的基础上编写的简本，保留了入声。《诗韵新编》摒弃盲目守旧的观念，与时俱进地采用更加符合现代汉语发音习惯的"宽松的押韵"即

宽韵。这样的新韵使得写诗填词的用韵范围更加宽广，为当今一些诗词爱好者喜爱并使用。

《诗韵新编》的18个韵部如下：

一麻，新华字典中的韵母 a、ua、ia 同属一个韵部。

二波，韵母 o、uo。

三歌，韵母 e。

四皆，韵母 ie、ue。

五支，韵母 i（属 zh、ch、sh、z、c、s 声母，与七齐有别）。

六儿，韵母 er。

七齐，韵母 i（属声母 b、p、m、f、d、t、n、l、j、q、x、y，有别于五支）。

八微，韵母 ei、ui。

九开，韵母 ai、uai。

十姑，韵母 u。

十一鱼，韵母 ü。

十二侯，韵母 ou、iu。

十三豪，韵母 ao。

十四寒，韵母 an、ian、uan。

十五痕，韵母 en、in、un、ün。

十六唐，韵母 ang、uang、iang。

十七庚，韵母 eng、ing。

十八东，韵母 ong、iong。

(3)《中华新韵》

《中华新韵》(十四韵) 由中华诗词学会于2005年5月颁布。在修订原《中华新韵》(十八韵)的基础上，将原书18个韵部减为14韵，目的是使广大诗词爱好者更容易掌握韵部。

中华诗词学会在《21世纪初期中华诗词发展纲要》中指出："为促进声韵改革和推行新声新韵，很有必要组织学者、专家尽快编出新韵书。"

《中华新韵》（十四韵）以普通话作为韵部划分的依据，韵部划分按同声同韵的标准，只分平仄，不辨入声，在多音字的归属上音随意定、韵依音归，提倡倡今知古、双轨并行，今不妨古、宽不碍严。

《中华新韵》（十四韵）韵部如下：

一、麻 a、ia、ua

二、波 o、e、uo

三、皆 ie　üe

四、开 ai　uai

五、微 ei　ui

六、豪 ao　iao

七、尤 ou　iu

八、寒 an　ian　uan　üan

九、文 en　in　un　ün

十、唐 ang　iang　uang

十一、庚 eng　ing　ong　iong

十二、齐 i　er　ü

十三、支（-i）零韵母

十四、姑 u

现在一般把按照《切韵》音系作为基础语音编写的韵书称为古声韵，例如《平水韵》《词林正韵》等；把按照现代汉语普通话（或称国语）为基础语音编写的韵书称为新声韵，例如《中华新韵》（十四韵）。本着求正容变的原则，新旧韵经过多年的争论和交锋，已经基本达成共识，即同一首诗词的用韵使用新、旧韵皆可，但同一首诗词的用韵不能混淆，即一首作品应该遵守同一种韵书的规定，新旧韵不能混用。中华诗词学会的声韵方针是"倡今知古，双轨并行"。很多大型刊物和赛事在声韵的规定上都实行双轨制，培养扶植新韵作者。

在韵书的选择上，沿袭传统诗词创作的规律和习惯，当代大多数诗词作者创作仍选择《佩文诗韵》即平水韵，填词则依据《词林正韵》。同时也有越来越多的作者选择用新韵写作。但不管用哪一种韵，都应倡今知古，"知古"就是要学习、熟悉平水韵，懂得入声字，了解格律诗词音韵的发展和规律，在此基础上，选择旧韵或新韵写作，实现音韵改革所倡导的双轨并行。

近体诗的押韵

相较于古体诗，近体诗的押韵要求有严格的规定。

1. 近体诗的押韵规则

近体诗的押韵规则可以概括为以下几点：

（1）一律押平声韵（也有少数以仄声押韵的，其中五言诗居多，习惯上把这类诗称为"古绝""古律"）。

（2）不论律绝或排律，都必须一韵到底，不得中途换韵。

（3）不论五言、七言，一般是双句入韵，单句不入韵。首句可以入韵，也可以不入韵。七言诗首句入韵的较多，五言的较少。

（4）押韵句（又称韵脚句）的尾字用平声，不押韵句的尾字必须用仄声（古绝、古律押韵句的尾字用仄声，不押韵的用平声）。

例：

望天门山

李白

天门中断楚江开，碧水东流至此回。

两岸青山相对出，孤帆一片日边来。

这是首句平起入韵的七绝，这首诗的三个韵脚字"开、回、来"，在《佩文诗韵》里都属于上平声十灰韵。

江　村

杜甫

清江一曲抱村流，长夏江村事事幽。

自去自来堂上燕，相亲相近水中鸥。

老妻画纸为棋局，稚子敲针作钓钩。

但有故人供禄米，微躯此外更何求。

这是首句平起入韵的七律，这首诗的五个韵脚字"流、幽、鸥、钩、求"，在《佩文诗韵》里都属于下平声十一尤韵。

关于押韵还有一些需要避忌的规则，押韵时需要注意如下几点：

①忌重韵，即同一个韵字在一首诗的韵脚里重复出现，这是格律诗用韵的大忌。

②忌复韵，即同义字相押，在一首诗中意思一样或很相近的字，不要重复地押韵。如在一首诗中同时使用"花"与"葩""芳"与"香"等。

③忌出韵，即同一首诗的个别韵脚用了不同韵部的字；所有的韵脚的字都要在新韵或古韵中的一个韵部之内，不能用别的韵部的字，这也叫"落韵"。

④忌凑韵，即为了押韵勉强使用语义不通或生硬的韵脚字，要注意押韵的自然工稳。

⑤忌混韵，在同一首诗中，要么用古韵，要么用新韵，古韵和新韵不能混用。

⑥忌连用同音字押韵，指的是押韵句连续使用同音字，中间没有间隔，如"香"和"乡"连续在第二句和第四句韵脚使用。但是同音字间隔使用是可以的，如分别放到第二句和第六句韵脚就可以。

⑦忌挤韵，也叫"犯韵"或"冒韵"，是指诗句中用了与韵脚同韵母的字，干扰了格律诗的音韵美。

⑧忌撞韵，就是在不应押韵的句子尾字也用了与韵脚同韵母的仄声字。

2. 邻韵

格律诗的首句押韵可以使用邻韵，但是其他句的押韵必须是在同一个韵部，并且和首句所押之韵是邻韵。王力先生（一般）认为排列相近又音相似的韵是邻韵，所谓"相近"，不因上平声和下平声的界限而有所间隔。但邻韵不一定是平水韵中相邻的韵部，例如上平三江和下平七阳离得很远也是邻韵。不是韵母相同就一定是邻韵，如东、冬是邻韵，寒、删、先是邻韵，但是寒、删、先与覃、盐、咸同是 an 的韵母，却不是邻韵。具体来讲，按诗韵大约的顺序，以排列相近而音相似，邻韵可以分为以下八类：

（1）上平声"一东""二冬"两韵为一类。

（2）上平声"四支、五微、八齐"三韵为一类。

（3）上平声"六鱼、七虞"两韵为一类。

（4）上平声"九佳、十灰"两韵为一类。

（5）上平声"十一真、十二文、十三元、十四寒、十五删、下平声一先"这六韵为一类。其中"真"与"文"，"元"与"文"，"寒"与"删"，"删"与"先"，"先"与"元"较近；而"真"与"元"，"寒"与"先"，"元"与"删"较远；而"真"与"寒"，"寒"与"元"，"文"与"删""先"，"先"与"真""文"原则上不能认为是邻韵。

（6）下平声"二萧、三肴、四豪"三韵为一类。

（7）下平声"八庚、九青、十蒸"三韵为一类，"庚"与"青"韵较近，而与"蒸"韵较远。

（8）下平声"十三覃、十四盐、十五咸"三韵为一类。

这八条中没有录入的"江"与"阳""佳"与"麻""蒸"与"侵"，可以作为邻韵的特例。

例：

题西林壁

苏轼

横看成岭侧成峰，远近高低各不同。

不识庐山真面目，只缘身在此山中。

这首七绝第一句的韵字"峰"字属上平声二冬韵，"同"和"中"二字属上平声一东韵，属于首句用邻韵。

奉和鲁望谢惠巨鱼之半
皮日休

钓公来信自松江，三尺春鱼拨剌霜。
腹内旧钩苔染涩，腮中新饵藻和香。
冷鳞中断榆钱破，寒骨平分玉箸光。
何事贶君偏得所，只缘同是越舡郎。

这首七律第一句的韵字"江"属于上平声三江韵，其他四个韵脚字"霜""香""光""郎"都属下平声七阳韵，也是首句用邻韵。用邻韵在律诗中更多见。

词的押韵

词的押韵要求是由词谱规定的，不同词牌的词，有着不同的押韵要求，同一词牌有的也会因体式的不同，押韵情况有所不同。词的押韵规则比格律诗复杂，而且变化很多。

词的押韵和格律诗比较起来，有以下明显的不同：

1. 格律诗押韵有固定的位置，基本是隔句押韵，词押韵的位置不定，有密有疏，或一句一韵，或两句一韵，或多句一韵。

2. 格律诗基本上是平声韵，词有平声韵，也有仄声韵，还有平声、仄声通押，有的词牌还专门要求押入声韵。

3. 格律诗是一韵到底，词则不一定，或一韵，或换韵，有的词还多次换韵。

4. 格律诗不允许重韵，词则没有特别规定不能重韵或使用同义字、近义字来押韵，有的词牌还专门有重韵（叠韵）的要求。

词的押韵可以分为以下几类：

1. 平韵格

即一首词从头至尾全是平声押韵。小令、中调、长调中都有平韵格。小令如《十六字令》《浪淘沙》《浣溪沙》《临江仙》等，中调如《一剪梅》《破阵子》《行香子》《风入松》等，长调如《水调歌头》《八声甘州》《沁园春》《六州歌头》等。平韵格是词调中使用较多的押韵格式。

2. 仄韵格

即一首词从头至尾全是仄声押韵。小令、中调、长调中都有仄韵格。小令如《如梦令》《生查子》《卜算子》《忆秦娥》等，中调如《蝶恋花》《渔家傲》《苏幕遮》《青玉案》等，长调如《永遇乐》《念奴娇》《贺新郎》等。有的词专门要求押入声韵，如《念奴娇》《满江红》等。仄韵格是词调中最多的押韵格式，仄声的情调较为激越。

3. 换韵格

换韵在词谱中一般会标注出来。换韵一般有以下几种形式：

（1）平仄通叶格，即换韵不换部

这种换韵是在同一韵部内的平仄互换。即同一词韵部的平声字与仄声字通叶（押韵）的意思，表示此处用韵跟起韵同属一部，不得换韵部。最常见的平仄韵通叶格的词牌是《西江月》，还有《醉翁操》《渡江云》《曲玉管》《偏哨》《戚氏》等，包括小令、中调、长调。

例：

西江月·夜行黄沙道中

辛弃疾

明月别枝惊鹊，清风半夜鸣蝉。稻花香里说丰年，听取蛙声一片。　七八个星天外，两三点雨山前。旧时茅店社林边，路转溪桥忽见。

这首词上片的"蝉""年"，下片的"前""边"，都属下平声一先韵；

上片的"片"、下片的"见"都属去声十七霰韵。一先、十七霰都属词韵第七部。

（2）平仄转换格，即换韵又换部

平仄转换格大都是小令，中调、长调罕见。这类词牌，一般先用仄声韵，再用平声韵，而且平声韵和仄声韵需在不同韵部。代表词牌有《虞美人》《清平乐》《菩萨蛮》《南乡子》等。

例：

菩萨蛮
王安石

数间茅屋闲临水，窄衫短帽垂杨里。花是去年红，吹开一夜风。　　梢梢新月偃，午醉醒来晚。何物最关情，黄鹂三两声。

这首词上片的"水""里"仄声韵相押，"红""风"平声韵相押；下片"偃""晚"仄声韵相押，"情""声"平声韵相押。平仄韵分属不同韵部。

还有上片押仄韵，下片押平韵的。

例：

清平乐
李煜

别来春半，触目愁肠断。砌下落梅如雪乱，拂了一身还满。

雁来音信无凭，路遥归梦难成。离恨恰如春草，更行更远还生。

这首词上片的"半""断""乱""满"仄韵相押，下片的"凭""成""生"平韵相押，而且分属不同韵部。

平仄转换格中先平后仄的较为少见。代表词牌有《南乡子》。

例：

南乡子

欧阳炯

路入南中，桄榔叶暗蓼花红。两岸人家微雨后，收红豆，树底纤纤抬素手。

这首词前半的"中""红"平韵相押，后半"后""豆""手"仄韵相押，而且分属不同韵部。

（3）平仄错叶格，即换韵后又回到原来的韵部上

一般是先用平声，然后换到所用平声韵部以外的仄声韵部上，最后又回到一开始用的平声韵上。平仄错叶格与平仄转换格相似，都是一首词里面既押平韵又押仄韵。但是错叶格要求平仄声插花式押韵。错叶格有一个特点，必须句句押韵，一首词里不能有不押韵句子。这种格式多为小令，也有少数中调。代表词牌有《相见欢》《定风波》《荷叶杯》《诉衷情》《南乡子》等。

例：

相见欢

李煜

无言独上西楼，月如钩。寂寞梧桐深院锁清秋。　剪不断，理还乱，是离愁。别是一般滋味在心头。

这首词上片的"楼""钩""秋"平声押韵，下片的"断""乱"错叶两仄韵，与上片韵字不属同一韵部，后面的"愁""头"又是平韵，与"楼""钩""秋"同韵部相押。该调上片三平韵，后片两平韵，过片处错叶两仄韵。

定风波

苏轼

莫听穿林打叶声，何妨吟啸且徐行。竹杖芒鞋轻胜马，谁怕？一蓑烟雨任平生。　料峭春风吹酒醒，微冷，山头斜照却

相迎。回首向来萧瑟处，归去，也无风雨也无晴。

这首词上片的"声""行""生"平声押韵，"马""怕"错叶两仄韵，下片的"迎""晴"又是平韵，与上片韵字同韵部相押；下片夹着"醒""冷""处""去"错叶四仄韵。该调上片三平韵，错叶两仄韵，下片两平韵，错叶四仄韵。

押韵使词具有音韵美，韵也有疏有密。一般来说，小令韵较密，中长调用韵较疏。长调更讲究词的铺展，对情感的表达也更复杂。仄声较为激越，平声较为舒缓，如果一韵到底不利于情感的铺排变化和推移，因此就出现了"换韵"。换韵的词韵脚有疏有密，音韵有急有缓，更适合表达和抒发情感。

词的押韵规则很复杂，与近体诗比较有较大不同，要根据词谱的规定确定押韵的要求。

需要注意的是，诗词的押韵都必须选用同一韵书里的韵，不能把新、旧韵或不同韵书的韵字混用，要遵循一首诗词参照一本韵书的原则。

与押韵相关的几个常识

关于押韵，还有一些相关的常识，在这里作简单介绍。

1. 宽韵、中韵、窄韵、险韵

王力先生的《汉语诗律学》根据各韵部包含的字数多少，将韵部分为宽韵、中韵、窄韵、险韵四类。

宽韵是包含字数多的韵部，与"窄韵"相对而言。包括四支、一先、七阳、八庚、十一尤、一东、十一真、七虞。写诗时在宽韵中有较多的韵脚字可选择。

中韵包含的字数不是很多也不是很少，包括十三元、十四寒、六鱼、二萧、十二侵、二冬、十灰、八齐、五歌、六麻、四豪。写诗时用这些韵有较多的韵脚字可供选择。

窄韵包含的字数少，包括五微、十二文、十五删、九青、十蒸、十三覃、十四盐。写诗时用这些韵可供选择的韵脚字较少。

险韵包含的字数极少，包括三江、三肴、九佳、十五咸。写诗时用这些韵可供选择的韵脚字很少。

2. 和韵、限韵和叠韵

（1）和韵

和韵指按照别人写的一首诗词的同一格式也写一首，称为"一唱一和"。和韵有三种用韵方法：

①依韵，也叫同韵，即和诗用韵与所和诗同属一个韵部，但不一定用所和诗词的韵脚。

陌上花三首（其一）

苏轼

陌上花开蝴蝶飞，江山犹是昔人非。
遗民几度垂垂老，游女长歌缓缓归。

陌上花八首（其三）

晁补之

娘子歌传乐府悲，当年陌上看芳菲。
曼声更缓何妨缓，莫似东风火急归。

注：晁补之《陌上花》八首皆是和苏轼《陌上花》三首。

②用韵，即用所和诗的原韵脚字来写诗，但不一定依照原韵脚字的先后次序。

例：

陌上花三首（其二）

苏轼

陌上山花无数开，路人争看翠軿来。
若为留得堂堂去，且更从教缓缓回。

陌上花八首（其七）

晁补之

云母蛮笺作信来，佳人陌上看花回。
妾行不似东风急，为报花须缓缓开。

③次韵，也叫步韵，指和诗使用所和诗的韵脚字，而且还要按照所和诗韵脚字的先后次序来写。

例：

水龙吟

章楶

燕忙莺懒芳残，正堤上、柳花飘坠。轻飞乱舞，点画青林，全无才思。闲趁游丝，静临深院，日长门闭。傍珠帘散漫，垂垂欲下，依前被、风扶起。

兰帐玉人睡觉，怪春衣、雪沾琼缀。绣床渐满，香球无数，才圆却碎。时见蜂儿，仰粘轻粉，鱼吞池水。望章台路杳，金鞍游荡，有盈盈泪。

水龙吟·次韵章质夫杨花词

苏轼

似花还似非花，也无人惜从教坠。抛家傍路，思量却是，无情有思。萦损柔肠，困酣娇眼，欲开还闭。梦随风万里，寻郎去处，又还被、莺呼起。

不恨此花飞尽，恨西园、落红难缀。晓来雨过，遗踪何在？一池萍碎。春色三分，二分尘土，一分流水。细看来，不是杨花，点点是离人泪。

(2) 限韵

限韵指数人一起写诗填词，限定使用一个韵。限韵有两种情况，一是限韵不限字，二是限韵又限字，要使用同一韵部中指定的韵字。

例：

首夏同青门雪航以宁允恭叔度宴集
秋水阁即事限韵

汪绎

凭高风物欲凌秋，门外平湖碧似油。
暝色已归鸦背外，斜阳犹恋柳梢头。
疏疏远岫屏间画，点点轻帆镜里鸥。
不尽萧条东涧水，至今呜咽为谁流？

这首诗是限韵，限定了要用下平声十一尤韵部里的字。

与秦太虚参寥会于松江而关彦长徐安中
适至分韵得风字二首（其一）

苏轼

吴越溪山兴未穷，又扶衰病过垂虹。
浮天自古东南水，送客今朝西北风。
绝境自忘千里远，胜游难复五人同。
舟师不会留连意，拟看斜阳万顷红。

这种分韵诗，也是一种限韵诗，"分韵得某字"也就限定了用韵。由于受分韵所限，加上多是宴集上即席之作，语言和诗意都好的佳作不多。

（3）叠韵

叠韵指作者自己再次赋诗时重用前韵，有时注明：再叠前韵，也可以三叠、四叠前韵。

例：

秋兴，用草堂韵

宁调元

见说降幡出石头，已伤离乱更伤秋。
安排浊酒消长夜，欲掘青天寄古愁。

世味早知成腐鼠，人情何况逐浮鸥。
茫茫前路无归处，暮雨西风江上舟。

秋兴，再叠前韵
　　宁调元

萧萧木叶下江头，猿啸天高万里秋。
北方佳人真绝世，南国红豆最牵愁。
竟教异路伤风马，为惜前盟问海鸥。
是果是因谁料得，偶然郭李又同舟。

秋兴，三叠前韵
　　宁调元

鸾囚凤锁楚江头，一叶梧桐惊早秋。
云雨已成今昨梦，乾坤不尽古今愁。
汾湖箫管惊神鳄，海岛旌旗殉野鸥。
伐桂锄兰都细事，翻令鱼网漏吞舟。

秋兴，四叠前韵
　　宁调元

天气渐凉风打头，囚中经夏又经秋。
云飞远岫原无意，蚁溃长堤自可愁。
忧患那堪闻杜宇，网罗何况到沙鸥。
楚江惊浪吴江雨，欲归不归何处舟。

以上是近代宁调元的四首叠韵诗，韵部和韵字顺序完全相同。

第四章　诗词的对仗

对仗是诗词格律的三大要素之一，对仗与汉魏时期的骈偶文句密切相关，可以说是由骈偶发展而成的，它体现了汉语言对称美的特点，能增强语言的感染力，引发独特的联想和美感。词的对仗要求和近体诗有所不同。

对仗的具体要求

对仗的基本要求可以概括为：字数相等、平仄相对，内容相关，词性相当，结构相同，节奏相应。

字数相等、平仄相对，指出句和对句的字数要一样，并且出句和对句平仄相对，要遵循律句的粘对规则，同联平仄相对的规则。

内容相关，指出句和对句之间，内容应当相关联，也就是意思要互相照应，表现统一的主题。如杜甫《客至》中的颈联："盘飧市远无兼味，樽酒家贫只旧醅。"这两句的意思是说离集市太远盘中没有好菜肴，家境贫寒只有陈年浊酒招待。两句都描写了待客过程中真实的生活场景，表现了诗人纯朴的好客之情。

词性相当，指出句和对句相对应的词语性质应当尽可能相同或相近。词大体可以分为九类，即名词、动词、形容词、数词（数目字）、颜色词、方位词、代词、副词、虚词。要求用同类词互相对应，如名词对名词，动词对动词，形容词对形容词，数量词对数量词，等等；连绵词跟连绵词要相对，如"但愿暂成人缱绻，不妨常任月朦胧"（朱淑真《元夜》），形容词连绵词"缱绻"跟形容词连绵词"朦胧"相对；叠词必须跟叠词相对，如"无边落木萧萧下，不尽长江滚滚来"（杜甫《登高》），"萧萧"对"滚滚"；使用典故、成语或地名、人名等也要各自相对，如"匡衡抗疏功名薄，刘向传经心事违"（杜甫《秋兴八首（其三）》），这两句都运用了典故，"匡衡"和"刘向"是人名对人名。

结构相同，指出句和对句的语法结构，即词组和句式的结构应当尽可能相同，如主谓结构对主谓结构、动宾结构对动宾结构、偏正结构对偏正结构、并列结构对并列结构等。如李商隐《锦瑟》的中间两联："庄生晓梦迷蝴蝶，望帝春心托杜鹃。沧海月明珠有泪，蓝田日暖玉生烟。"在颔联中，"晓梦"和"春心"都是偏正结构，"庄生晓梦"和"望帝春心"也都是偏正结构，"迷蝴蝶"和"托杜鹃"都是动宾结构；在颈联中，"月明"和"日暖"都是主谓结构，"珠有泪"和"玉生烟"都是主谓宾结构。

与语法结构相关联的，是节奏要相应，即出句和对句在节奏的停顿上要尽可能相同。如"庄生晓梦迷蝴蝶，望帝春心托杜鹃"，句中词和音节的组合十分对称，节拍相同，都是四个节奏，可以看成"2—2—1—2"句式，即庄生—晓梦—迷—蝴蝶，望帝—春心—托—杜鹃；又如"沧海月明珠有泪，蓝田日暖玉生烟"，句子的节奏也相同，可以看成"2—2—1—2"句式，即沧海—月明—珠—有泪，蓝田—日暖—玉—生烟。

对仗的主要方法

对仗的方法或形式可以从不同的角度归纳，下面介绍一些主要的方法或形式。

1. 工对、邻对与宽对

(1) 工对

工对一般必须用同一门类的词语为对，对仗须用同类词性，如名词对名词，代词对代词，形容词对形容词，动词对动词，副词对副词，虚词对虚词。名词又可以细分为天文、时令、地理、宫室、服饰、器用、植物、人伦、人事、形体等类别。严格来说，按照细分后的名词种类（小类）来对仗，才是工对，如"两个黄鹂鸣翠柳，一行白鹭上青天"（杜甫《绝句》），就是很工整的对仗。诗中的"两个"对"一行"（数量词对数量词），"黄鹂"对"白鹭"（禽类名词相对），"黄"对"白"（颜色词相对），非常工整。有些名词虽属不同小类，但是在语言中经常并用，如天地、诗酒、花鸟等，也算工对。

数目词、颜色词、方位词都自成一类，这类词很少和别的词相对。专有名词一般要求和专有名词相对，最好是人名对人名，地名对地名。连绵词要和连绵词相对，且词性也要相同。如名词连绵词"鸳鸯、鹦鹉"等，形容词连绵词"迤逦、磅礴"等，动词连绵词"踌躇、踊跃"等。反义词也是工对。如"晓战随金鼓，宵眠抱玉鞍"（李白《塞下曲》），"晓""宵"就是反义词相对，也是工对。

出句和对句如果本身含有对仗，就形成了当句自对。句中自对而同时又两句相对，算是工对。如"黄叶仍风雨，青楼自管弦"（李商隐《风雨》），句中"风"与"雨"自对，"管"与"弦"自对，而"风雨"又与"管弦"成对，"黄叶"与"青楼"也相互成对，是工对。又如"国破山河在，城春草木深"（杜甫《春望》），"山"与"河"是自对，"草"与"木"是自对，而"山河"又与"草木"成对，是工对。

在实际创作中，写出严整的工对是不容易的，按王力先生的说法，在对仗句中，只要多数字对得工整，就是工对。如"红雨随心翻作浪，青山着意化为桥。天连五岭银锄落，地动三河铁臂摇"（毛泽东《送瘟神》其二），"红"对"青"，"随心"对"着意"，"翻作"对"化为"，"天连"对"地动"，"五岭"对"三河"，"银"对"铁"，"落"对"摇"，都非常工整；而"雨"对"山","浪"对"桥","锄"对"臂",名词对名词,虽然不是名词中的小类相对,也还是工整的。又如"无边落木萧萧下,不尽长江滚滚来",其中"无"和"不"可以认为对得工整,而后面接的"边"是名词,"尽"是动词,在不影响内容表达的情况下也只能如此了,整体看来可以认为是工对。

(2) 邻对

邻对即邻近的一类词相对。例如天文与时令、地理与宫室、器物与衣饰、植物与动物、同义词与连绵词等。如"征蓬出汉塞,归雁入胡天"(王维《使至塞上》),以"天"对"塞"是天文对地理；又如"徒令上将挥神笔,终见降王走传车"(李商隐《筹笔驿》)中的"笔"对"车",是文具对器物；又如"池边转觉虚无尽,台上便宜酩酊归"(高适《同陈留崔司户早春宴蓬池》)中的"虚无"是同义词,与连绵词"酩酊"相对。邻对是介于工对与宽对之间的对仗。

(3) 宽对

宽对是较为宽松的对仗方法,不像工对那样严格。对仗的形式应该服从于内容的需要,刻意追求工对可能不利于表达。宽对要比邻对的要求更宽一些,宽对大体上是名词对名词,动词对动词,形容词对形容词等,不讲究区分具体的小类。如"明月清风非俗物,轻裘肥马谢儿曹"(黄鲁直《答龙门秀才见寄》)中的"俗物"与"儿曹"便是宽对。

还有更宽一点的,就是半对半不对,律诗颔联中半对半不对较为常见,如杜甫的"遥怜小儿女,未解忆长安"中"小儿女"和"忆长安"词的结构不同,这两句就是宽对。

在七言句中,前四个字对得较严格,后三字特别是最后一个字不讲究的情形比较常见。如"山重水复疑无路,柳暗花明又一村"(陆游《游山西村》),又如"映阶碧草自春色,隔叶黄鹂空好音"(杜甫《蜀相》)。

2. 正对、反对和流水对

从上下句在意义上的联系看,对仗还可以分为三种：正对、反对和流水对。

(1) 正对

正对指上下句的意思和内容相同、相近或互相补充、映衬。如"山随平野尽，江入大荒流"（李白《渡荆门送别》），上下句对不同景物的描写融于一个整体的意境。又如"破帽遮颜过闹市，漏船载酒泛中流"（鲁迅《自嘲》），从不同侧面表现了自嘲的主题。

(2) 反对

反对指上下句的意思相反或相对。如"梅须逊雪三分白，雪却输梅一段香"（卢梅坡《雪梅》），"花径不曾缘客扫，蓬门今始为君开"（杜甫《客至》），上下句分别表示了相对、相反的意思。

(3) 流水对

流水对指上下句的意思相关相联，一般的对仗出句和对句的内容是并列的，它们各有独立性。流水对的出句与对句在意义上和语法结构上不是对立的，而是上下承接，是把一件事或一个意思如同流水般分成两句话说出来，出句和对句之间有着时空上或因果上的连贯性，位置不能颠倒。

如"即从巴峡穿巫峡，便下襄阳向洛阳"（杜甫《闻官军收河南河北》），上下句有前后相承接的关系，从地理位置上看，必须是从四川的巴峡到达巫峡，然后才能再从襄阳到达洛阳，先后的次序不能倒置。语意也是上下承接，构成一个顺承复句。又如"行到水穷处，坐看云起时"（王维《终南别业》），上下句有着时空、动作、心境上的内在承接关系，合起来表达一个完整的意思。

3. 隔句对与当句自对

(1) 隔句对

隔句对也叫扇面对，指间隔使用对仗，就是指诗词中的四句话，第一句与第三句对，第二句与第四句对，就像扇子的扇面，左右两面两两相对，所以又称为扇面对。

如"缥缈巫山女，归来七八年。殷勤湘水曲，留在十三弦"（白居易《夜闻筝中弹潇湘送神曲感旧》），其中"缥缈"对"殷勤"，"巫山"对

"湘水","七八"对"十三"。又如"得罪台州去,时危弃硕儒。移官蓬阁后,谷贵殁潜夫"(杜甫《哭台州郑司户苏少监》),其中"得罪"对"移官","台州"对"蓬阁","时危"对"谷贵","硕儒"对"潜夫"。词中也有扇面对,如"靖康耻,犹未雪,臣子恨,何时灭"(岳飞《满江红》)。

(2) 当句自对

当句自对又称句中对,是指对仗的两句,都是当句之中的一词与本句中的另一词相对,同时上下句又要成对。如"黄叶仍风雨,青楼自管弦"(李商隐《风雨》)中"风"与"雨"自对,"管"与"弦"自对;又如"野水自添田水满,晴鸠却唤雨鸠归"(黄庭坚《自巴陵略平江临湘入通城无日不雨至黄龙奉谒》),这也是句中自对的一个典型的例子,"野水""田水"句中自对,"晴鸠""雨鸠"也是当句自对。

4. 其他几种对仗方法

(1) 借对

一个词有两个意义,诗人在诗中用的是甲义,但是同时借用它的乙义来与另一词相为对仗,这叫借对。例如"行李淹吾舅,诛茅问老翁"(杜甫《巫峡敝庐奉赠侍御四舅》),"行李"的"李"并不是桃李的"李",但是诗人借用桃李的"李"的意义来与"茅"字作对仗。又如杜甫《曲江》"酒债寻常行处有,人生七十古来稀",古代八尺为寻,两寻为常,所以来借对数目字"七十"。

有时借对不是借意义,而是借声音。借音多见于颜色对,如借"篮"为"蓝",借"皇"为"黄",借"沧"为"苍",借"珠"为"朱",借"清"为"青"等。例如"思家步月清宵立,忆弟看云白日眠"(杜甫《恨别》),以"清"对"白","清"借音"青"。又如"东郭沧江合,西山白雪高"(杜甫《赴青城县出成都寄陶王二少尹》),以"沧"对"白","沧"借音"苍",就是这种情况。

(2) 用典对

用典对是指借用典故来对仗,诗词中用典故的例子很多。如"怀旧空吟闻笛赋，到乡翻似烂柯人"（刘禹锡《酬乐天扬州初逢席上见赠》），运用了"向秀闻笛""王质遇仙"两个典故表达贬官二十多年后回归时的感受。以"闻笛赋"隐含对当时统治者迫害旧友的不满，抒发了对死去旧友深深的怀念之情；以"烂柯人"暗示自己遭贬谪时间太久，此番回来恍如隔世，觉得人事全非，不再是旧时光景了。

（3）叠字对

叠字对是指在句中使用两个字组成的叠词来对仗。叠字对可以加强语气和语感，读来有一种音韵流转之美，应注意上下句叠字对的位置要相对应。如"无边落木萧萧下，不尽长江滚滚来"（杜甫《登高》），叠词"萧萧"对"滚滚"。又如"漠漠水田飞白鹭，阴阴夏木啭黄鹂"（王维《积雨辋川庄作》），叠词"漠漠"对"阴阴"。

（4）问答对

问答对指一问一答，而又自然成对。如"谁爱风流高格调，共怜时世俭梳妆"（秦韬玉《贫女》）。这种对法，答语不能过于直率，须使诗意有所延伸，才能显出含蓄与蕴藉。

（5）双声、叠韵对

声母相同的连绵字叫双声词，韵母相同的连绵字叫叠韵词。例如"仿佛"两字的声母都是"f"，这种连绵字就叫双声词；"淅沥"两字的韵母都是"i"，这种连绵字就叫叠韵词。双声词互对叫"双声对"，叠韵词互对叫"叠韵对"。如"零落槿花雨，参差荷叶风"（许浑《寻周炼师不遇》），其中"零落"和"参差"都是双声词，这种对仗就称为双声对。又如"梦里依稀慈母泪，城头变幻大王旗"（鲁迅《悼柔石》），其中"依稀"和"变幻"都是叠韵词，这种对仗就称为叠韵对。

近体诗与词的对仗

近体诗的对仗要求最为严格，是律诗有别于绝句的重要标志，要求在律诗的颔联（第三、四句）和颈联（第五、六句）使用对仗。排律（长律）

除首尾联外其余各联一律要用对仗。词的对仗在律诗的基础上发展而来，比律诗的对仗宽松、灵活和丰富得多。

1. 律诗的对仗

（1）律诗中间两联对仗

律诗的对仗要求用在中间两联，即颔联和颈联。

例：

春日忆李白
杜甫

白也诗无敌，飘然思不群。
清新庾开府，俊逸鲍参军。
渭北春天树，江东日暮云。
何时一樽酒，重与细论文？

这首五律中间两联对仗，其中"开府"对"参军"，是官名对官名；"渭"对"江"，是水名对水名。

客　　至
杜甫

舍南舍北皆春水，但见群鸥日日来。
花径不曾缘客扫，蓬门今始为君开。
盘飧市远无兼味，樽酒家贫只旧醅。
肯与邻翁相对饮，隔篱呼取尽余杯。

这首七律中间两联对仗，颔联是反对，颈联是正对。

（2）排律（长律）的对仗

排律（长律）的对仗和律诗相同，只有尾联不用对仗，首联可用可不用，其余各联一律要用对仗。

例：

学诸进士作精卫衔石填海
韩愈

鸟有偿冤者，终年抱寸诚。
口衔山石细，心望海波平。
渺渺功难见，区区命已轻。
人皆讥造次，我独赏专精。
岂计休无日，惟应尽此生。
何惭刺客传，不著报雠名！

这首排律除首尾联外，其余各联都用对仗。

律诗中间两联对仗和排律除首尾联中间各联的对仗规则是律诗对仗的基本要求，在诗词创作时应该严格遵守。

（3）其他几种对仗方式

①首联用对仗。首联是可以不用对仗的，如果首联用了对仗，中间两联仍然需要对仗，凡是首联用了对仗的律诗，常常是首联、颔联和颈联三联都使用了对仗。一般来说，五律首联用对仗的较多，七律首联用对仗的较少，这主要是因为五律首句不入韵的较多，而七律首句不入韵的较少。但在首句入韵的情况下，首联也还是可以用对仗的。

例：

旅夜书怀
杜甫

细草微风岸，危樯独夜舟。
星垂平野阔，月涌大江流。
名岂文章著，官应老病休。
飘飘何所似？天地一沙鸥。

这首五律首句不入韵，首联对仗，颔联和颈联对仗。

黄　州

陆游

局促常悲类楚囚，迁流还叹学齐优。

江声不尽英雄恨，天意无私草木秋。

万里羁愁添白发，一帆寒日过黄州。

君看赤壁终陈迹，生子何须似仲谋！

这首七律首句入韵，首联对仗，颔联和颈联对仗。

②尾联用对仗。尾联一般不用对仗，这是因为尾联是一首诗的结句，而对仗一般不适合作结束语，但也有例外。

例：

闻官军收河南河北

杜甫

剑外忽传收蓟北，初闻涕泪满衣裳。

却看妻子愁何在，漫卷诗书喜欲狂。

白日放歌须纵酒，青春作伴好还乡。

即从巴峡穿巫峡，便下襄阳向洛阳。

这首七律尾联对仗，而且最后两句是一气呵成，是流水对。

③四联都用对仗。这种体式很少见，杜甫诗中偶有出现。

例：

登　高

杜甫

风急天高猿啸哀，渚清沙白鸟飞回。

无边落木萧萧下，不尽长江滚滚来。

万里悲秋常作客，百年多病独登台。

艰难苦恨繁霜鬓，潦倒新停浊酒杯。

这首七律四联全用对仗。

④几种特殊的对仗方式如下：

a. 偷春体。又称偷春格，这是一种特殊的体式，指首联对仗而颔联不对仗，意如梅花之先春而开，颈联仍用对仗。

例：

一百五日夜对月
杜甫

无家对寒食，有泪如金波。
斫却月中桂，清光应更多。
仳离放红蕊，想像颦青蛾。
牛女漫愁思，秋期犹渡河。

这首五律首联、颈联对仗，颔联不对仗。

b. 蜂腰体。这是一种变格诗体，即首联、颔联、尾联都没有对仗而只有颈联对仗，相对中间两联对仗而言显得"腰细"。"蜂腰体"在盛唐五律中较为多见。

例：

下　第
贾岛

下第只空囊，如何住帝乡。
杏园啼百舌，谁醉在花傍。
泪落故山远，病来春草长。
知音逢岂易，孤棹负三湘。

这首五律只有颈联对仗。

c. 藏春体。这也是一种特殊的体式，指首联、颔联不对仗，颈联和尾联要对仗。

例：

早　花
杜甫

西京安稳未，不见一人来。
腊日巴江曲，山花已自开。
盈盈当雪杏，艳艳待春梅。
直苦风尘暗，谁忧容鬓催。

这首五律颈联和尾联对仗。

2. 对仗的要求和避忌

（1）对仗的基本要求

对仗是诗词格律的基本要求之一，也是具有艺术感染力的语言手段，使用对仗的原则以工稳而又自然为上。所谓工稳，是要严格遵守对仗的基本要求，尽量使用工对，使得对仗工整严谨，字字精工，句句相对。但同时也应注意自然妥帖的要求，即使用对仗不能一味过分追求工对，造成句式的僵化呆板，或者因辞害意，影响了诗词的整体表达，使对仗流于形式，只剩一个纤巧的外壳。

在工稳而又自然的基础上，可以灵活使用前述多种对仗的方法，巧用字词，使得理趣相生、虚实相合、动静相宜、情景相融、意境相谐，读来灵活生动，达到对仗手法的最佳效果。

（2）对仗的避忌

①忌同字相对。指在同一联中，上句和下句在同一位置上不能同字相对，这在律诗中是不允许的，但在词中可见，如"人有悲欢离合，月有阴晴圆缺"（苏轼《水调歌头》）。中间要求对仗的各联也不能出现重字。

②忌合掌。合掌是格律诗对仗时容易出现的一种毛病。指出句与对句所用的词基本同义或完全同义，造成上下句意思相重复，似两只手掌合在一起，故称"合掌"。在字数本就不多的对句中，如果意思重复就没有多

少内容了，这就是要避忌的原因。

合掌是诗家大忌，是对仗时应当避免的。如出句用"河"，对句用"川"；出句用"红"，对句用"赤"；出句用"兵"，对句用"卒"；出句用"闻"，对句用"听"等，形成同义反复。又如："暮蝉不可听，落叶岂堪闻？"（郎士元《送别钱起》）诗句中上下句的后三个字"不可听"与"岂堪闻"句意相近，也是合掌。

③忌中二联结构雷同。结构雷同，不是指一联中上下句的合掌，而是颔联、颈联这两个对仗联之间的句法结构（语法成分的构成）完全相同。句法结构从单句对仗来看，主要有主谓句式对主谓句式，主谓宾句式对主谓宾句式，非主谓句式对非主谓句式等。如果颔联和颈联都是一样的某种句式，特别是动词的位置一样，就造成了结构的雷同。

结构的雷同，在创作中往往容易被忽略，尤其是初学者，大都不注意结构的雷同。中二联的结构是一样的，没有什么变化，会显得十分呆滞。创作中应该尽量避免。

例：

和晋陵陆丞早春游望

杜审言

独有宦游人，偏惊物候新。

云霞出海曙，梅柳渡江春。

淑气催黄鸟，晴光转绿蘋。

忽闻歌古调，归思欲沾巾。

这首五律中二联的句法结构都是主谓宾式，动词位置完全一样，节奏是：云霞—出—海曙，梅柳—渡—江春。淑气—催—黄鸟，晴光—转—绿蘋。这就是律诗中结构的雷同。句法结构的雷同造成了二联的内在节奏也是相同的，都是"2—1—2"句式。一般五言句都是"2—3"或"3—2"句式，再细分就是"2—2—1"或"2—1—2"句式，这首五律中二联都是"2—1—2"句式。

3. 词的对仗

对仗是诗词格律的主要要素之一，词的对仗与律诗相比较为宽松和灵活，词的对仗要求和律诗相比较，主要有以下不同的特点：

(1) 不讲究粘对

律诗的对仗要讲究粘对，词的对仗允许平仄同声相对，这是词的声律规定的。如"左牵黄，右擎苍"（苏轼《江城子》），其中"左""右"为仄声相对，"牵黄""擎苍"为平声相对。

(2) 允许同字相对

在律诗对仗中，是不允许同字相对的，但词可以用同字相对。如"尊如海，人如玉。诗如锦，笔如神"（辛弃疾《金人捧露盘》），又如"千里冰封，万里雪飘"（毛泽东《沁园春》）。

(3) 没有固定的对仗位置

一般来说，词没有固定的对仗位置，这是因为词是长短句形式的文体，必须在上、下句字数相同的情况下才可能对仗。一般来说，如果起首两句字数相同，就可考虑使用对仗，如果词中某上下两句字数相同，平仄相反，理论上说也可以使用对仗，但实际写作中是否使用由作者决定。凡是约定俗成要对仗的位置，就必须对仗。所谓约定俗成是在前人大量作品的基础上，习惯上的对仗规定。对某一个具体的词调，可能规定了在该调的某位置必须对仗，这种位置的规定，也仅仅只适用于该调，而不适用于其他词调。不同调的词，如有对仗，位置不一定都是相同的。如《渔歌子》的第三、四句两个三言句必须对仗，《踏莎行》前、后片起句各两个四言句必须对仗，等等。

(4) 对仗的字数不定

律诗只有五言、七言对仗，词的对仗字数多样化，有三字对，如"思往事，惜流光"（欧阳修《诉衷情》）；有四字对，如"雾失楼台，月迷津渡"（秦观《踏莎行》）；有五字对，如"我住长江头，君住长江尾"（李之仪《卜算子》）；有六字对，如"明月别枝惊鹊，清风半夜鸣蝉"（辛弃疾《西江月》）；有七字对，如"三十功名尘与土，八千里路云和月"（岳飞《满江红》），等等。

（5）使用"领字"

使用了"领字"的对仗，看上去两句的字数不相同，但去掉领字后，就是字数相同的对仗。如"在灯前敲枕，雨外熏炉"（吴文英《高阳台》），去掉"在"的一字领，就是四言对仗。

（6）鼎足对

鼎足对即三句相对，也可称为排比对，是词中常见的对仗形式。如陆游《诉衷情》的"胡未灭，鬓先秋，泪空流"，又如朱淑真《眼儿媚》的"绿杨影里，海棠亭畔，红杏梢头"。

第五章　诗词的章法

诗词的章法，是指诗词的篇章结构、总体安排与谋篇布局的方法。刘勰《文心雕龙·总术》说，"才之能通，必资晓术""术有恒数"，明确肯定了写作有一定的法则。后人在此基础上提出了"文有大法，无定法"等观点，可以理解为对写作技法、规律的辩证认识。沈德潜《说诗晬语》说："诗贵性情，亦须论法，杂乱而无章非诗也。然所谓法者，行所不得不行，止所不可不止，而起伏、照应、承接、转换，自神明变化于其中矣。若泥定此处应如何，彼处应如何，不听意运法，转以意从法，则死法矣。试看天地间，水流云住，月到风来，何处看得死法。"这说明诗词写作应该遵循并掌握一定的章法，同时又不可生搬硬套、墨守成规，而应该灵活运用写作方法，不断创新。

诗词的格式与题目

诗词的格式，是指每首诗词作品在字数、句数、句式、押韵、平仄、对仗等方面的具体要求。诗词的题目，是指给一首具体的诗词作品拟定一个标题。

1. 词牌与词谱

词也称曲子词，最初是伴曲而唱的，词牌就是某种曲调的名称，如

《沁园春》《卜算子》等。当词跟音乐分离以后，词牌便仅作为文字、音韵结构的一种格式，后人把每一词牌的格式，包括字数、句数、平仄、韵脚及其他相关要求标示出来，就成为词谱。有的词牌格式稳定，只有一个固定的词谱。有的词牌，有不同的格式，对应有多个词谱。有的同一种格式的词，其词牌名称有多种。词牌的种类很多，《钦定词谱》总共收有两千多种格式，词人进行创作，要依词谱而作，也叫"填词"。具体词谱详见书后附录。

词牌的来源比较复杂，大约有以下几种情况：有的本来就是乐曲的名称，如《菩萨蛮》，据传是唐代大中初年，女蛮国进贡，她们梳着高髻，戴着金冠，满身璎珞的样子像画上的菩萨，当时教坊因此谱成《菩萨蛮曲》，《西江月》《风入松》《蝶恋花》《钗头凤》等，都是属于这一类的；有的是摘取一首诗词中的几个字作为词牌，例如《忆秦娥》，取自最初依照这个格式写出的一首词开头两句"箫声咽，秦娥梦断秦楼月"，因此又叫《秦楼月》，《忆江南》《如梦令》《念奴娇》等都属于这一类；有的是摘取某些历史故事作为词牌，如《解连环》，出自《庄子》中"连环可解也"，《华胥引》《塞翁吟》都属于这一类；有的是词人自制的词牌，如姜夔自制的《暗香》《疏影》《长亭怨慢》《翠楼吟》，周邦彦自制的《六丑》等；有的本来就是词的题目，如《渔歌子》咏的就是打鱼，《欸乃曲》《浪淘沙》《更漏子》等都是这一类，凡是词牌下注明"本意"的，就是说词牌同时也是词题，不另拟题目了。

但绝大多数的词不是用词牌的"本意"，在词牌之外还另有词题，常在词牌之外另加题目或序言以说明词意，在这种情况下，词题和词牌没有任何关系。

词牌仅仅表示词调的名称和格式，如一首《浪淘沙》可以完全不写浪或沙，一首《忆江南》也可以完全不写江南。

2. 近体诗的平仄格式

如前所述，近体诗的平仄有固定的格式，近体诗按照绝句和律诗以及五言和七言来划分，有五言绝句、七言绝句、五言律诗、七言律诗这几种。而根据首句的平仄格式和押韵方式又可分为平起入韵式、平起不入韵式、仄起入韵式、仄起不入韵式。律排的格式也遵循平仄的基本格律，只是句子的数量不像律诗那样固定。不论哪一种平仄格式都须遵循近体诗的格律要求，诗人创作时可以根据需要自由选择。

3. 诗词的题目与点题

诗词的题目就是给一首诗或词拟定的标题。对于词来说，光有词牌不足以表明该词的内容，因此要另加词题，如范仲淹的《渔家傲·秋思》，"渔家傲"是词牌名，而"秋思"就是词题；对于近体诗来说，有直接以"绝句"作为一首绝句的题目，还有直接以"无题"作题目的，但诗的题目不可没有。

历来诗人们对诗词的题目都很重视，贾岛《二南密旨》说："题者，诗家之主也；目者，名目也，如人之眼目。眼目俱明，则全其人中之相。足可坐窥万象。"这说明了题目对于诗词的重要性。诗人们在拟题时，题目一般要具有高度的概括性，多有简练、精切、含蓄的特点。命题的方法比较灵活：有以所咏之人、景物命题的，如杨万里的《小荷》、陆游的《卜算子·咏梅》、张俞的《蚕妇》等；有以时间、地点命题的，如杜甫的《江上》、欧阳修的《生查子·元夕》等；有以概括事件命题的，如李白的《渡荆门送别》、张九龄的《望月怀远》、辛弃疾的《鹊桥仙·乙酉山行书所见》等。诗词的题目犹如一个总纲，能概括诗词最中心的意思，好的诗题能起到总摄全诗的作用，同时也要给诗人留有自由发挥的空间。

诗词的内容要紧扣题目，做到切题，即紧扣中心表现主题，还要点题。点题就是点明题意，指作品正式进入主题的意思。点题在诗中很重要，会点题就能起到"画龙点睛"的效果。点题一般有这样几种方式：有的开篇点题，例如杜甫的《登岳阳楼》："昔闻洞庭水，今上岳阳楼。"首联就明点题意，再展开描写。有的结尾点题，如王维的《相思》："红豆生南国，春来发几枝。愿君多采撷，此物最相思。"诗最后才点题，也强化了主题。有的不直接点题，而是暗点，如李峤的《风》："解落三秋叶，能开二月花。过江三尺浪，入竹万竿斜。"全诗不直接写"风"，却通过风的各种动态表现了风的特点，从而更丰富了诗题的内容。又如苏轼的《题西林壁》："横看成岭侧成峰，远近高低各不同。不识庐山真面目，只缘身在此山中。"前三句叙述对庐山观望的主观感受，并不直接点题，也不具体描写景色，但最后一句写出了生发这种感受的原因，将主题上升到人生处世哲学的高度，表现了诗人高超的驾驭题目的能力。

总之，诗词的内容要围绕诗题展开，内容要为表现、深化主题服务，并要围绕这个主题来炼字、琢句与谋篇。

律诗的结构

诗词创作要注意结构，才不至于杂乱无章。古人多以"起承转合"来概括近体诗的结构和写作章法，范德玑《诗格》说："作诗有四法：起要平直，承要舂容，转要变化，合要渊永。"杨载《诗法家数》说："律诗要法，曰起、承、转、合。破题或对景兴起，或比起，或引事起，或就题起。总之要突兀高远，如狂风卷浪，势欲滔天。颔联或写意，或写景，或书事、用事引证。此联要接破题，要如骊龙之珠，抱而不脱。颈联或写意写景，书事用事引证，与前联之意，相应相避，要变化，如疾雷破山，观者惊愕。结句或就题结，或开一步，或缴前联之意，或用事，必放一句作散场。使如剡溪之棹，自去自回，言有尽而意无穷。"

"起承转合"在律诗中具体是指，以两句为一单位，首联两句为"起"，颔联两句为"承"，颈联两句为"转"，尾联两句为"合"。但在实际写作中，"起承转合"还有一种方式，在律诗尤其是在五律中，常常是首联的上句"起"，首联的下句"承"，颔联和颈联主要是补衬主题，尾联的上句"转"，下句"合"。

简单概括"起承转合"的意思可以理解为：起，即开始；承，即承上；转，即转折；合，即收合。

具体来看，起笔是引发开端，一般交代时间、地点、起因等，以引出下文，常常是给整首诗做一个基础交代，或奠定一定的基调；承笔即承接开头，还要承上启下，承句在起句的基础上一定要有所发展，可以从宏观到细微、可以由远到近或由近及远的变化；转笔是转折，也是转换，或情景转换，或事理转换，可以进一层转，可以推开一层转，也可以反转。一首诗出彩之处往往取决于转笔，如果转得好，就能匠心独具，使作品跌宕生姿。合笔是前三联的诗意合成，进一步概括感悟，常常是发表见解和主张，或抒发深沉的思想感情，它是全诗的收束和凝结，应起到画龙点睛的作用，做到"言有尽而意无穷"。

"起承转合"之间的关系，是起中有合，合中有起，做到首尾呼应，承与转内在又兼顾了起与合，上下关联，一脉相承。中间两联或就景物加以勾勒渲染，或就人事加以生发，或叙写，或议论，或引事，或比拟，起到映衬和深化主题的作用。还要注意中间两联内容或叙写角度不要重复，比如，颔联写景，颈联则可抒情或写人事。如果两联都写景，也应有动与静、虚与实、点与面、宏观与微观等区别；如两联都写事，可以用今昔、正反、褒贬来映衬，避免内容和形式的单一重复。

1. 律诗中首联"起"、颔联"承"、颈联"转"、尾联"合"

例：

酬乐天

刘禹锡

巴山楚水凄凉地，二十三年弃置身。（起）

怀旧空吟闻笛赋，到乡翻似烂柯人。（承）

沉舟侧畔千帆过，病树前头万木春。（转）

今日听君歌一曲，暂凭杯酒长精神。（合）

这首七律首联起，从自己的被贬写起；颔联承接首联，借用两个典故进一步说明被贬的时间之长；颈联笔锋一转，转出新的意思，暗喻自己不计较个人的遭遇，表现了作者看到事物向前发展的乐观胸襟；最后尾联抒情收合全诗，表现了诗人的精神并点了题。整首诗章法严谨，起、承、转、合，层次清楚。

蜀　　相
杜甫

丞相祠堂何处寻，锦官城外柏森森。（起）

映阶碧草自春色，隔叶黄鹂空好音。（承）

三顾频烦天下计，两朝开济老臣心。（转）

出师未捷身先死，长使英雄泪满襟。（合）

这首七律首联起，紧扣诗题，写专程寻访丞相祠堂；颔联直承上文，描写祠堂内的春色；颈联宕开一笔，转到对诸葛武侯的评价；尾联收束全诗，写对诸葛武侯的悼念，以及对他出师未捷而身死的惋惜之情。在短短的八句四联当中，分别运用了叙事、写景、议论、抒情的方法，章法老到，笔墨酣畅，具有感人至深的艺术魅力。

2. 律诗中首联的上句"起"、下句"承"，颔联、颈联承接或者衬贴题目，尾联的上句"转"、下句"合"

例：

秋　　怀
元好问

凉叶萧萧散雨生，（起）虚堂渐渐掩霜清。（承）

黄华自与西风约，白发先从远客生。（以景烘托）

吟似候虫秋更苦，梦和寒鹊夜频惊。（以情渲染）

何时石岭关头路，（转），一望家山眼暂明。（合）

这首七律起句描写雨中凉叶萧萧的景象，承句进一步表现雨声淅沥，烘托出凄清的愁绪；第二联表现时光流逝，用黄花与白发烘托主题；第三联着力表现愁苦的心境，进一步渲染气氛；最后一联上句是转，下句是合，点明了愁绪来自对家山的思念，表现了深切的思乡主题。

从军行

杨炯

烽火照西京,(起) 心中自不平。(承)

牙璋辞凤阙,铁骑绕龙城。(叙事渲染)

雪暗凋旗画,风多杂鼓声。(写景烘托)

宁为百夫长,(转) 胜作一书生。(合)

这首五律起句用烽火表现紧急的军情,承句表现了书生的爱国情怀和心境;颔联通过出师场面和对前线战斗境况的描写,渲染出龙争虎斗的战争气氛;颈联表现战斗不从正面着笔,而是通过景物描写进行烘托,以象征军队的"旗"和"鼓",有声有色地表现出征将士冒雪搏斗的坚强无畏和奋勇杀敌的悲壮激烈场面;尾联转到议论和抒情,直接抒发从戎书生保边卫国的壮志豪情,收合全诗。

3. 起承转合的方法

(1)"起"的方法

古人对起头有很多讲究,律诗开头如果起得好,就能起到先声夺人的效果。关于"起"的方法有多种分类,从修辞的角度看,有起兴法、对比法、直言法、发问法、对仗法等;从点题的角度看,有明起、暗起、侧起、反起等;从效果的角度看,有开门见山法、出奇制胜法、突兀高远法等;从内容的角度看,有扣题、抒情、写景、叙事等方法。下面从内容的角度看起的方法:

①扣题起。起句紧扣题目和题意。

例:

渡荆门送别

李白

渡远荆门外,来从楚国游。

山随平野尽,江入大荒流。

月下飞天镜，云生结海楼。

仍怜故乡水，万里送行舟。

这首五律的首联是起、承，起句写地点、事件，承句续写具体的游踪，紧扣题意。

赠孟浩然

李白

吾爱孟夫子，风流天下闻。

红颜弃轩冕，白首卧松云。

醉月频中圣，迷花不事君。

高山安可仰，徒此揖清芬。

这首五律的首联是起、承，首联扣题，开门见山地抒发了对孟浩然的钦敬爱慕之情。"爱"字是贯穿全诗的情感线索，"风流"表现了孟浩然潇洒清迈的风度人品和卓尔不凡的文学才华。这一联可谓提纲挈领，统摄全诗。

②叙事起。以叙事开头可以直述事件，或者是历史史实、传说。

例：

观　猎

王维

风劲角弓鸣，将军猎渭城。

草枯鹰眼疾，雪尽马蹄轻。

忽过新丰市，还归细柳营。

回看射雕处，千里暮云平。

这首五律的首联是起、承，通过箭鸣劲风，以及将军猎骑飞驰渭城郊野的描写，直接点明了出猎的事件，写得生动、形象。

西塞山怀古
刘禹锡

王濬楼船下益州,金陵王气黯然收。
千寻铁锁沉江底,一片降幡出石头。
人世几回伤往事,山形依旧枕寒流。
今逢四海为家日,故垒萧萧芦荻秋。

这首七律的首联是起,历史上晋武帝司马炎命王濬率领以高大的战船"楼船"组成的西晋水军,由益州顺江而下讨伐东吴。起句以这件史事落笔,表现了楼船下益州的速度之快,反衬了"金陵王气"的黯然消散。

③写景起。这种开头最为多见,起句写景,营造意境,为全诗做好铺垫。

例:

客　至
杜甫

舍南舍北皆春水,但见群鸥日日来。
花径不曾缘客扫,蓬门今始为君开。
盘飧市远无兼味,樽酒家贫只旧醅。
肯与邻翁相对饮,隔篱呼取尽余杯。

这首七律首联起句就描写草堂四周清幽、秀丽的景物,点明了时令、地点和环境,烘托出诗人与山水、鸥鸟为伍的出尘心境,为后文做了铺垫。

望月怀远
张九龄

海上生明月,天涯共此时。
情人怨遥夜,竟夕起相思。

灭烛怜光满，披衣觉露滋。

不堪盈手赠，还寝梦佳期。

这首五律首联是起、承，起句以"海上生明月"的景起，承句写"天涯与共"的人事，由实写到虚写，拓开意境，手法高明。

④抒情起。开头直抒胸臆，奠定全诗的情感基调。

例：

和晋陵陆丞早春游望
杜审言

独有宦游人，偏惊物候新。
云霞出海曙，梅柳渡江春。
淑气催黄鸟，晴光转绿蘋。
忽闻歌古调，归思欲沾巾。

这首五律的首联是起、承，开头就抒发感慨，说只有奔走仕途的游子，才会对异乡的节物气候感到惊奇，言外之意如果是当地人，则习以为常。"独有""偏惊"这些强调语气的词语，生动表现出诗人宦游江南的矛盾心情。

登 楼
杜甫

花近高楼伤客心，万方多难此登临。
锦江春色来天地，玉垒浮云变古今。
北极朝廷终不改，西山寇盗莫相侵。
可怜后主还祠庙，日暮聊为《梁甫吟》。

这首七律首联是起，直接抒情，表现了诗人在这"万方多难"的时候，流落他乡的满腹愁思，奠定全篇的情感基调。"万方多难"，是全诗写景抒情的出发点，"花伤客心"和"感时花溅泪"（《春望》）一样，都是反衬手法，是以乐景写哀情。

(2)"承"的方法

律诗的承句一般在颔联或者首联的下句,承句应注意上与起句、下与转句间内在的关联,起到承接与呼应的作用。承句和起句共同构成一个相对完整的部分,为后面的转合做好铺垫。写法上可以与起句情景相映、虚实相生、动静相称、浓淡相间,使律诗在短小的篇幅内有起伏与波澜,具有顿挫之美。

例:

旅夜书怀
杜甫

细草微风岸,危樯独夜舟。
星垂平野阔,月涌大江流。
名岂文章著,官应老病休。
飘飘何所似,天地一沙鸥。

这首五律起句写景,颔联继续写景,承接首联"抱而不脱","平野"承接首联的"岸","大江"承接首联的舟,描写景色由近及远,意境由幽微转向阔大宏深,又与第三联的抒情虚实相间,互为映衬。

春　望
杜甫

国破山河在,城春草木深。
感时花溅泪,恨别鸟惊心。
烽火连三月,家书抵万金。
白头搔更短,浑欲不胜簪。

这首五律起句表现国破城荒的悲凉景象,颔联是承,"感时花溅泪,恨别鸟惊心"两句将花鸟人格化,连长安的花鸟都为之落泪惊心,进一步深化亡国和离散之悲。颔联由首联的远景、全景到焦点式的透视,由远到近,感情由弱到强,也为下联表现在这离乱时候收到家书的可贵做了铺垫，承上启下，堪为精警。

（3）"转"的方法

转句是转折、转换，转既要与前面的意思相应，又要有变化，贵在转出新意。转的方法很多，可以在情景、事理、人物、彼此、表里、虚实、顺逆等之间互转。可以扩转，可以退一步转，也可以反转。一首诗出彩之处往往取决于转笔，如果转得好，就能匠心独具，使作品跌宕生姿，起到出神入化、令人惊叹的效果。

下面介绍几种常用的转法：

①情景转换。转句由情到景，或由景到情，根据主题表达的需要灵活安排。

例：

九日蓝田崔氏庄

杜甫

老去悲秋强自宽，兴来今日尽君欢。
羞将短发还吹帽，笑倩旁人为正冠。
蓝水远从千涧落，玉山高并两峰寒。
明年此会知谁健？醉把茱萸仔细看。

这首七律首联起句抒情，点明诗的主旨"老去悲秋""今日兴来"。颔联上句的"羞将"承接上联的"老去"，下句的"笑倩"承接上联的"兴来"。颈联是转，转写宏阔的景象拓开诗的意境，而又寓情于景，山高水远足以发兴，也引起尾联的发问和醉看茱萸的举动，转得跌宕有力、独具匠心。

②虚实转换。由实转虚，或由虚转实，转出新意，深化诗的主旨。

例：

画　鹰

杜甫

素练风霜起，苍鹰画作殊。

> 㧐身思狡兔，侧目似愁胡。
>
> 绦镟光堪擿，轩楹势可呼。
>
> 何当击凡鸟，毛血洒平芜。

这首五律首联点题，"殊"为下文做了铺垫。颔联承写"殊"，仍写画中鹰之形神。颈联转写真鹰的非凡气概，由虚转实，赋予画鹰昂扬的精神。尾联借势，表现真鹰形象呼之欲出，寄托作者疾恶如仇、奋发向上的志向。

③扩转法。从题目的本意出发，在起承的基础上，扩大描写的范围。

例：

月夜忆舍弟

杜甫

> 戍鼓断人行，边秋一雁声。
>
> 露从今夜白，月是故乡明。
>
> 有弟皆分散，无家问死生。
>
> 寄书长不达，况乃未休兵。

这首五律前两联写景，首联写月夜所见所闻。颔联继续写景，渲染悲凉凝重的气氛，"今夜露白"和"故乡月明"勾起怀乡之情。颈联是转，由怀乡转忆起分散于四方的兄弟，既点了题，也扩大了表现的范围，同时为下句的寄书不达做了铺垫。

④反转法。从题目的正面意义，转为反面之意。对比中抒发强烈深沉的情感，引发辩证的思考。

例：

淮上喜会梁州故人

韦应物

> 江汉曾为客，相逢每醉还。
>
> 浮云一别后，流水十年间。

欢笑情如旧，萧疏鬓已斑。

　　何因不归去，淮上有秋山。

这首五律前两联写往昔，首联概括了以前的交谊，颔联概写分别十年间的世事人情。颈联是反转，题目本意为喜会故人，而于"欢笑情如旧"中，却感叹年华老去、鬓发斑白，情绪由喜转悲，正反相对，笔法跌宕。末联再以反诘作转，以景色作结。

（4）"合"的方法

合就是收束全诗，结句往往是律诗的精华所在，好的结句能使诗言有尽而意无穷。历来诗人在结句上都煞费苦心，有很多种结的方法，概括起来可以分为明结和暗结，明结就是通过结句直抒胸臆，或抒发感慨和胸襟，或阐明事理；暗结或借景抒情，或以事说理，用事件、景物或情状来传达、折射、暗示出作者的感情、寄托和抱负，留给人自由发挥和想象的空间。下面是几种常见的"合"的方法。

①以景结。沈义父《乐府指迷》说："结句须要放开，含有余不尽之意，以景结情最好。"以景结能将人带入诗中营造的意境，收到意在言外、余味无穷的效果。

例：

听蜀僧濬弹琴

李白

　　蜀僧抱绿绮，西下峨眉峰。

　　为我一挥手，如听万壑松。

　　客心洗流水，余响入霜钟。

　　不觉碧山暮，秋云暗几重。

这首五律首联交代人物，表达对他的倾慕。颔联写弹琴，以万壑松涛声作比，表现琴声之不凡。颈联继续写听琴的感受，使人心旷神怡、回味无穷。尾联不是直接写琴声如何美妙，而是以写景作结，听者"不觉"之中天色已晚，不知何时，青山已罩上了暮色和灰暗的秋云，把人带入美妙琴声营造的艺术享受之中，回味无穷。

②以情结。多用在以情结景，在前面写景的基础上，以抒情结尾，如画龙点睛，使得景物都带上主观的感情色彩，令人回味无穷。

例：

秋登宣城谢朓北楼
李白

江城如画里，山晚望晴空。
两水夹明镜，双桥落彩虹。
人烟寒橘柚，秋色老梧桐。
谁念北楼上，临风怀谢公。

这首五律前三联写诗人登临谢朓北楼所见的景象，尾联转为抒情，抒发了诗人苦闷、孤独之情，也使得景物都染上了浓浓的秋韵，增强了表达的效果。

③以情状作结。结句表现人们在某种心情下共有的行为状态——徘徊、回首、搔头、踟蹰、回望等，形象地表现诗人的某种情感。

例：

春　望
杜甫

国破山河在，城春草木深。
感时花溅泪，恨别鸟惊心。
烽火连三月，家书抵万金。
白头搔更短，浑欲不胜簪。

这首五律结句描写白发越来越稀疏，到了几乎连簪子都插不住的情状，形象地表现了诗人忧愤之情的深广，起到了沉雄蕴藉的感人艺术效果。

④结处宕开或振起。王世祯说："为诗结处总要健举。"能使全诗精神

振起，起到振聋发聩的作用。

例：

泊岳阳楼下
杜甫

江国逾千里，山城仅百层。
岸风翻夕浪，舟雪洒寒灯。
留滞才难尽，艰危气益增。
图南未可料，变化有鲲鹏。

这首五律尾联在上联"气益增"的基础上，陡然振起，抒发"变化鲲鹏"的图南之远大志向，读来令人精神为之一振，起到了"篇终接混茫"的艺术效果。

⑤以反意作结。姜夔《诗说》中说："篇终出人意表，或反终篇之意，皆妙。"以反意作结能起到出人意表的效果。

例：

秋兴八首（其八）
杜甫

昆吾御宿自逶迤，紫阁峰阴入渼陂。
香稻啄余鹦鹉粒，碧梧栖老凤凰枝。
佳人拾翠春相问，仙侣同舟晚更移。
彩笔昔曾干气象，白头吟望苦低垂。

这首七律前三联追述了当年畅游渼陂的欢乐时光，尾联上句用了江淹的典故，用江淹得郭璞彩笔之典来形容自己当年的非凡文采，写得豪情满怀，意气风发。结句笔锋陡然一转，一反前意，"白头""苦低垂"表现了诗人缅怀故国，感慨万千的无限悲苦，今昔对照，诗人跌宕起伏的忧思和愤郁不平的心情跃然纸上。陈廷敬说："笔干'气象'，昔何其壮！头白'低垂'，今何其惫！诗至此，声泪俱尽，故遂终焉。"

⑥结尾设疑。以设疑结尾，常能引出言外之意，启发人无尽的思考。

例：

冬 至

杜甫

年年至日长为客，忽忽穷愁泥杀人。
江上形容吾独老，天边风俗自相亲。
杖藜雪后临丹壑，鸣玉朝来散紫宸。
心折此时无一寸，路迷何处见三秦。

这首七律表现了诗人作客他乡、穷困潦倒、年老力衰的境况和情绪。结句"何处"的发问将人带入一种穷愁思乡，望而不得的怅惘之情中。

4. 情与景在四联中的安排

胡应麟《诗薮·内编》卷四说："作诗不过情景二端。如五言律体，前起后结，中四句二言景，二言情，此通例也。"袁枚《随园诗话·补遗》卷十说："诗家两题，不过'写景言情'四字。"可见，律诗四联中的结构布局，主要在于处理、安排写景与抒情的关系。情与景的描写在律诗中最为多见，情与景的安排也较为多样，一般来说，最后以情结的比较多，也有以景结的。律诗的四联中，首联起，尾联合，而中二联一联写景，一联言情，这种写法比较多见；也有四联全写景或全写情；也有前情后景，以景结，或前景后情，以情结，变化较多。王国维《人间词话删稿》说："昔人论诗词，有景语、情语之别，不知一切景语，皆情语也。"诗词中所有景物都寄托有人的情思，情思要通过写景表现出来。总之要做到情景交融，服从于完美表达诗意的需要。

下面是几种情景安排的形式：

（1）中二联一联写景，一联抒情

这种形式比较常见，情景之间相互照应，统一于表达诗意的需要。

例：

登岳阳楼
杜甫

昔闻洞庭水，今上岳阳楼。
吴楚东南坼，乾坤日夜浮。
亲朋无一字，老病有孤舟。
戎马关山北，凭轩涕泗流。

这首诗是杜甫五律中的名篇，首联点题，今昔对照，寓含早年抱负至今未能实现的感叹。颔联写景，炼字精当，表现了洞庭湖浩瀚无边的雄浑气势，是写洞庭湖的名句，被王世祯赞为"雄跨今古"。颈联转到境遇和上联洞庭湖的汪洋浩渺相对比，更加重了身世的孤危感，情与景互为映衬，也引出了尾联报国无门的哀伤。诗中情景交融，壮阔的江山与诗人博大的胸襟，互为表里，虽处逆境，但仍有一种昂扬雄浑的气势。

（2）四联全是抒情

须以诗情熔铸全篇，且情感的线索跌宕起伏，富有变化。

例：

遣悲怀其三
元稹

闲坐悲君亦自悲，百年都是几多时。
邓攸无子寻知命，潘岳悼亡犹费词。
同穴窅冥何所望，他生缘会更难期。
惟将终夜长开眼，报答平生未展眉。

这首七律以情感贯穿全篇，首句以"悲君"总括前两首，以"自悲"引出人生有限之叹。颔联引用了邓攸、潘岳两个典故，暗喻自己无子、丧妻的深沉悲哀。颈联将希望寄托于死后夫妇同葬和来生再做夫妻，然逝者已矣，来生更是遥不可及，诗情愈转愈悲。尾联更是直接对亡妻表白心迹，要以终夜"开眼"来报答妻子的"平生未展眉"，寄托自己永远的思念，至此情感进入哀痛欲绝的境地，痴绝缠绵，感人至深。

（3）四联全是写景

着力描摹景物，景物亦是情感的载体，作者的意趣暗含其中。要注意景物的描写避免单一和重叠，须有时间、空间、逻辑上的内在关联和变化。

例：

重题郑氏东亭

杜甫

华亭入翠微，秋日乱清晖。
崩石欹山树，清涟曳水衣。
紫鳞冲岸跃，苍隼护巢归。
向晚寻征路，残云傍马飞。

这首五律首联、颔联描写华亭翠微、秋日清晖的景色，以崩石、山树、清涟、水衣等景物寄托自己的逸兴，写景中妙用动词，将"入""乱""欹""曳"四个动词嵌入其中，化静为动，点染出充满生趣的意境。颈联转写具体的事物，写鱼、写鸟继续用动词点染，表现自然界的活泼生动，结句地点转到寻征路，想象丰富，表现马逐云飞的神奇景象，也寄托了作者逸兴遄飞的诗情。整首诗都是写景，却并不芜杂，以游踪为线索，有整体描写，也有具体的点染，妙用动词使得境界全出，可见作者炼字的功力。

（4）前景后情

前两联或三联写景，后联言情或议论。情与景相应相生，有内在的承接与关联。

例：

钱塘湖春行

白居易

孤山寺北贾亭西，水面初平云脚低。

>　　几处早莺争暖树，谁家新燕啄春泥。
>
>　　乱花渐欲迷人眼，浅草才能没马蹄。
>
>　　最爱湖东行不足，绿杨阴里白沙堤。

这首七律首联紧扣题目总写湖水，表现江南初春的水色湖光，两个地名连用，显示诗人是在边走边观赏。颔联和颈联抓住几种景物在早春的不同特点，形象表现了一派生机盎然的景象，尾联抒情，前面的写景描写如水到渠成，自然真切地烘托了诗人对钱塘湖早春景象的喜爱之情。

（5）前情后景，以景收合

这种形式较为常见，以景结能营造深远的意境，引人遐思，使得意在言外而有余韵。

例：

夜泊牛渚怀古

李白

>　　牛渚西江夜，青天无片云。
>
>　　登舟望秋月，空忆谢将军。
>
>　　余亦能高咏，斯人不可闻。
>
>　　明朝挂帆去，枫叶落纷纷。

这首五律首联点明题目中的地点及其夜景，颔联由登舟望月过渡到怀古，借谢尚牛渚乘月泛江遇见袁宏月下朗吟的故事，寄托了诗人希望因文学的共同爱好和对才能之士的尊重，可以打破身份地位障碍的希望。颈联转回现实，尽管自己也像当年的袁宏那样富有文学才华，而像谢尚那样的人物却不可再遇了。末联写景拓开意境，落叶纷飞的景象，无声胜有声，烘托出诗人知音难遇，寂寞凄苦的愁怀。

以上只是概括了律诗安排篇章结构的一般方法，并不能代表全部。所谓诗无定法，"起承转合"，只是格律诗的基本章法，并不能涵盖所有格律诗，如前述四联写景和四联写情的律诗，并无明显的起承转合。本书所述的不过是律诗中较有明显共性的方面，是可能帮助诗友掌握格律诗创作的常用章法。对于初学写诗的人来说，了解和掌握一定的章法，可以帮助自己较快地学习写格律诗，在写作时不至于行无路径、语无伦次，在实际创作过程中，可以运用起承转合的方法，写后反复诵读品味，看自己的作品是不是流畅贯通，能不能首尾呼应、一气呵成。

起承转合并不是金科玉律，李东阳《麓堂诗话》说："律诗起承转合，不为无法，但不可泥。"袁枚《随园诗话》说："今作诗，有意要人知有学问，有章法，有师承，于是真意少而繁文多。"这里指出了刻意讲究甚至卖弄章法，而不注重抒写真情实感，只会使创作走入死胡同。章法只是提供创作的方法和门路，如何写诗和表现诗意却因人而异。诗是创造性的写作，文章最忌随人后，只有具备独创性的作品才会具有生命力，诗只有具备了鲜明的个性才会具有独特的艺术价值。写诗的最高境界应该是心中有法而不拘成法，如入自由之境。

绝句的结构

绝句分为五绝和七绝。五绝和七绝的格式均为四句两联。从结构上看，首联的第一句为起句，第二句为承句。尾联的第一句为转句，第二句为合句，也多遵循起承转合的规律。律诗中起承转合的具体方法在绝句中同样适用。

例：

渡汉江
宋之问

岭外音书断，（起）经冬复历春。（承）
近乡情更怯，（转）不敢问来人。（合）

这首五绝第一句是起，从困居贬所时与外界音讯断绝的处境写起。第二句承接上句表现度日如年的愁苦。第三句转到逃归途中的心理体验，越是接近故乡，离家人越近，越是有不合常理的担忧和害怕。第四句是合，不敢问来人也是不敢面对现实，真实表现了作者痛苦和矛盾的心情。

从军行七首（其四）
王昌龄

青海长云暗雪山，（起）孤城遥望玉门关。（承）
黄沙百战穿金甲，（转）不破楼兰终不还。（合）

这首七绝第一句是起，描绘了西北边陲暗淡、悲壮的景象。第二句承接，写遥望中所见的画面，暗含对边防形势的关注之情。第三句转到对艰苦、激烈战争的抽象描写。结句抒发了战士雄壮的誓言。整首诗情景交融，表现了将士们驻守边关的豪情壮志。

也有很多绝句并没有很明显的起承转合，只在一、二句正说，而以第三句为主，第四句承接，也有以第三句为铺垫，第四句转折。绝句的结构和形式变化较多。

五言绝句篇幅短小，不适合讲究辞藻的工丽，语言一般古拙有致，多采用问答体，多运用比兴，婉而多讽。七绝作法多样，在较短的篇幅中不适于铺排描写，多抓住有代表性的景物和场景，采用避实就虚的写法，侧面烘托或深入描写来表现人物的情思，取得以少胜多的艺术效果。这对诗人驾驭材料、运用写作手法、表现主题的能力都有较高的要求，所以有人说绝句最见诗人的才情。

以下是绝句常见的几种结构安排：

1. 前景后情

前两句写景，后两句写事或抒情，景色的描写为情感的抒发做铺垫。

例：

送狄宗亨
王昌龄

秋在水清山暮蝉，洛阳树色鸣皋烟。
送君归去愁不尽，又惜空度凉风天。

嫦娥
李商隐

云母屏风烛影深,长河渐落晓星沉。
嫦娥应悔偷灵药,碧海青天夜夜心。

送元二使安西
王维

渭城朝雨浥轻尘,客舍青青柳色新。
劝君更尽一杯酒,西出阳关无故人。

2. 前写人事,以景作结

以景结能营造出深远的意境,将情思蕴含其中。

例:

黄鹤楼送孟浩然之广陵
李白

故人西辞黄鹤楼,烟花三月下扬州。
孤帆远影碧空尽,唯见长江天际流。

苏溪亭
戴叔伦

苏溪亭上草漫漫,谁倚东风十二阑。
燕子不归春事晚,一汀烟雨杏花寒。

题金陵渡
张祜

金陵津渡小山楼,一宿行人自可愁。
潮落夜江斜月里,两三星火是瓜州。

3. 全诗写景或咏物

景物中亦含情,通过景物渲染出某种意境和心境。

例:

绝句二首(其一)
杜甫

迟日江山丽,春风花草香。
泥融飞燕子,沙暖睡鸳鸯。

春行即兴
李华

宜阳城下草萋萋,涧水东流复向西。
芳树无人花自落,春山一路鸟空啼。

望天门山
李白

天门中断楚江开,碧水东流至此回。
两岸青山相对出,孤帆一片日边来。

4. 今昔对比

有前今后昔,或前昔后今,多有"去岁""今日""年来""昔日""今朝""忆""记"等词,两相对比,抒发强烈的今昔之感,寄托作者深沉的情感。

例:

初发白河
归有光

胡风刮地起黄沙,三月长安不见花。
却忆故乡风景好,樱桃初熟正还家。

卢师山
王士禛

卢师昔日经行地,惆怅苍崖古木风。
最忆深秋飞瀑下,四山寒叶乱流中。

水口行舟
朱熹

昨日扁舟雨一蓑,满江风浪夜如何。
今朝试卷孤篷看,依旧青山绿树多。

过中渡
欧阳修

得归还自欲淹留,中渡桥边柳拂头。
记得来时桥上过,断冰残雪满河流。

5. 以否定转结

可以在第三句转或第四句结,多用"不""无""莫"等词,表达强烈的语气,作者的主观态度鲜明。

例:

蚕 妇
张俞

昨日入城市,归来泪满巾。
遍身罗绮者,不是养蚕人。

晚 春
韩愈

草树知春不久归,百般红紫斗芳菲。

杨花榆荚无才思,惟解漫天作雪飞。

墨 梅
王冕

吾家洗砚池头树,朵朵花开淡墨痕。
不要人夸颜色好,只留清气满乾坤。

6. 以比较作结

往往于三、四句作比较,多用"不及""不如""不似""输与""胜"等词,将情景、事物、心绪进行对比,以强调突出特点,给人留下深刻印象和回味的余地。

例:

赴广西别甥彭雪路
解缙

多情为我谢彭郎,采石江深似渭阳。
相聚六年如梦过,不如昨夜一更长。

赠汪伦
李白

李白乘舟将欲行,忽闻岸上踏歌声。
桃花潭水深千尺,不及汪伦送我情。

雪 梅
卢梅坡

梅雪争春未肯降,骚人搁笔费评章。
梅须逊雪三分白,雪却输梅一段香。

早春呈水部张十八员外
韩愈

天街小雨润如酥,草色遥看近却无。

最是一年春好处,绝胜烟柳满皇都。

7. 以评论作结

前面铺垫,后两句以评论结;或通篇评论,主旨鲜明。

例:

己亥杂诗(其二百二十一)
龚自珍

西墙枯树态纵横,奇古全凭一臂撑。

烈士暮年宜学道,江关词赋笑兰成。

己亥杂诗(其二百二十七)
龚自珍

剩水残山意度深,平生几緉屐难寻。

栽花郑重看花约,此是刘郎迟暮心。

戏为六绝句(其五)
杜甫

不薄今人爱古人,清词丽句必为邻。

窃攀屈宋宜方驾,恐与齐梁作后尘。

8. 以比喻作结

常用"似""如"等词,使形象更加生动,增强表达的效果。

例：

送沈子福归江东
王维

杨柳渡头行客稀，罟师荡桨向临圻。
惟有相思似春色，江南江北送君归。

怨歌行
谢榛

长夜生寒翠幕低，琵琶别调为谁凄。
君心无定如明月，才绕楼东复转西。

暮江吟
白居易

一道残阳铺水中，半江瑟瑟半江红。
可怜九月初三夜，露似真珠月似弓。

9. 以问句作转结

可以有问有答，也可最后作诘问语，不作回答。常用"借问""试问""为问""如何""何""谁"等词，能增加层次的起伏，留下想象的空间。反诘能加强肯定的意思。

例：

塞上闻笛
高适

雪净胡天牧马还，月明羌笛戍楼间。
借问梅花何处落，风吹一夜满关山。

咏柳

贺知章

碧玉妆成一树高,万条垂下绿丝绦。
不知细叶谁裁出,二月春风似剪刀。

秋浦途中

杜牧

潇潇山路穷秋雨,淅淅溪风雨岸浦。
为问寒沙新到雁,来时还下杜陵无。

夜　雨

项安世

夜窗疏雨不堪听,独坐寒斋万感生。
今夜故人江上宿,如何禁得打篷声。

10. 运用对偶

可于一、二句或三、四句用对偶,增强表达效果,使诗更具情韵。
例:

宿建德江

孟浩然

移舟泊烟渚,日暮客愁新。
野旷天低树,江清月近人。

江畔独步寻花七绝句

杜甫

黄四娘家花满蹊,千朵万朵压枝低。
留连戏蝶时时舞,自在娇莺恰恰啼。

秋夜将晓出篱门迎凉有感

陆游

三万里河东入海,五千仞岳上摩天。

遗民泪尽胡尘里,南望王师又一年。

绝句的结构多变,以上并不能概括所有绝句的作法。绝句历来为诗人所喜爱,被视为最能显示诗人才情的诗体。在短短的四句内要表达情感和志趣,对于诗人的文采、文思以及谋篇布局能力的要求都很高,初学者须对经典诗例和作法多加揣摩,领会绝句安排结构的变化和好处,下笔便会有法度。

词的结构

词也称诗余、长短句、近体乐府等,最初是配合宴乐乐曲而填写的歌词,后来词逐渐与音乐脱离,成为一种"调有定字,字有定声",句法参差的新诗体,格律严谨。词与诗作为两种体裁,从题材和语言的角度看是有一些区别的。王国维《人间词话》说:"词之为体,要眇宜修,能言诗之所不能言,而不能尽言诗之所能言。"王国维认为"诗之境阔,词之言长"。一般来说,诗偏重于言志,词更偏重于言情,诗的情感偏重于表现国家、民生、抱负等家国情怀,政治主题和庄重严肃的题材比较多见,词则偏重于抒发内心幽微深杳的个人情感,如亲情和爱情。

"诗庄词媚"不仅表现在题材上,也表现在语言风格上,诗的语言比较庄重典雅,词较诗而言,语言比较纤秾清丽。"要眇宜修"可以理解为最细腻、幽微而又精巧的美,而这种美又和词人寄予其中的深婉隐微的情感紧密相关,这也可以说明词的语言、审美以及抒情上的特点。

一、词的起、过、结

诗的结构是"起承转合",在词中,我们主要注意它的起、过和结。

也就是起（开头）、过（过片）、结（结尾）三个环节。历代词人都很重视词的起、过、结的安排与布局。

张炎《词源》说："思其头如何起，尾如何结。"沈义父《乐府指迷》说："作大词，先须立间架，将事与意分定了。第一要起得好，中间只铺叙，过处要清新。最紧要是末句，须是有一好出场方妙。作小词只要些新意，不可太高远，却易得古人句，同一要炼句。"这都说明了词的起、过、结的重要。一般来说，起句要开门见山，引人注目，振起全篇；过片要做到顺畅、自然，有巧思和匠心，能承接上片和引起下文；结要神完气足，有力度、深度，如余音袅袅，余味无穷。下面具体看词的起、过、结。

1. 起

词开头的具体方式很多，有写人、叙事、写景、抒情、议论、设问、反诘等。词的开篇要吸引人，起句要有利于内容的表达和主题的展开，要为后文做好铺垫，与全词很好地结合。

小令的篇幅短小，容量有限，开头尤为需要简练，常直写其人，或直叙其事，或直抒其情，或直写其景；中长调可以以不同的感情色彩开头，但皆要服从于全篇情感主线的安排，奠定全篇的感情基调。下面是几种常见的起的方法。

（1）以景起

这种开头方式最为常见，以景起开篇就能营造生动的意境，引人遐思。

例如：

秦观《行香子》："树绕村庄，水满陂塘。"开头就写春游所见，直指主题。

李清照《永遇乐》："落日熔金，暮云合璧，人在何处？"起句描写欢度节日的晚晴天气，意境开阔、色彩绚丽，和下文漂泊异乡、无家可归的处境和伤感孤凄的心境形成鲜明对照，以丽景写哀情。

（2）以情起

词用情语起，一般是开门见山、直抒胸臆，首先以情动人，引起情感共鸣，奠定全词情感的基调。从开头的感情色彩来看，中长调的开头可以如横空出世、振起全篇；也可以从容娴雅，徐徐铺排；还可以是悲戚深挚，沉潜刚克。

例如：

苏轼《念奴娇·赤壁怀古》："大江东去，浪淘尽、千古风流人物。"起的境界阔大，雄视千古。壮阔的景象，烘托重大的历史事件和意气风发的英雄豪杰，再引发自己的感慨。

岳飞《满江红》："怒发冲冠，凭栏处，潇潇雨歇。"发端突兀振起全篇，气势雄浑，引起后文中原未收复的"壮怀激烈"，及雪国耻、收拾好旧山河的壮志，词情笼罩全篇。

张炎《高阳台·西湖春感》："接叶巢莺，平波卷絮，断桥斜日归船。"开头交代时间、地点，画面徐徐展现暮春西湖渐趋暗淡的景色，渗透作者的怅惘情绪，为后文惜春、伤春，物是人非之感奠定了情感的基础。

苏轼《江城子》："十年生死两茫茫，不思量，自难忘。"起得极沉痛悲伤，恩爱夫妻一朝永诀，转瞬已经十年，读来令人惊心，也借此打开久蓄情感的闸门。

（3）以事起

先叙事，再就事生发，为后文做好铺垫。

例如：

欧阳修《生查子·元夕》："去年元夜时，花市灯如昼。月上柳梢头，人约黄昏后。"上片追忆去年元夜欢会的往事，和下片形成物是人非的强烈对比，烘托出作者的无限遗憾和感伤。

辛弃疾《鹧鸪天》："壮岁旌旗拥万夫，锦襜突骑渡江初。"起句追述青年时代一段传奇般的英雄行为，写得雄壮激昂，为后片的今昔对照做了映衬和铺垫。

（4）以问起

起句先提出问题，再回答。以问起能增强表达的效果，其情感比直述更震撼人心。

例如：

苏轼《水调歌头》："明月几时有？把酒问青天。"起句对月发问，如破空而来，拓开了宏阔的意境，激起了对人生、自然的无尽思考。

元好问《摸鱼儿·雁丘词》："问世间，情为何物，直教生死相许？"起句以世间情发问，直指生死相许的情感境地，具有感人至深的力量。

（5）倒叙起

增强前后对比和反差的效果，借以抒发今昔迥异的深切感怀。

例如：

李煜《忆江南》："多少恨，昨夜梦魂中。""多少恨"是在他昨夜梦醒以后，而不是昨夜那游上苑的欢乐的梦中。将应放在后边作结束的"多少恨"置于句首，动人心弦。

2. 过

过片是词特有的章法，双调词下片的开头叫作过片。过片又称换头和过变。过片是词上下片的衔接处，类似连接两片的桥梁。过片的作用相当于绝句、律诗的转折处，主要起承上启下或总上括下的作用。过片要求过渡自然，衔接紧密，又以能转出新意为上。

词调多为上下两片，要表现的是同一个主题，上下片虽然形式上分开，内容却要密切关联。历代词人都十分重视过片，张炎《词源》说："过片不可断了曲意，须要承上接下。"承上接下是过片总的要求，一般来说，上下片可以分别吟咏情景、今昔、正反、虚实等不同内容，但上下两片要接得紧密、自然，又以能出新意为上。周济《介存斋论词》说："或藕断丝连，或异军突起，皆须令读者耳目振动，方成佳制。"可见过片以"笔断意不断"，或者说"藕断丝连"为最妙。

过片的具体方法比较多变，并无定规，常用的有以下几种：

（1）承上启下

上下片紧密相连，意思不隔断，这是最常见的作法。

例：

菩萨蛮·书江西造口壁
辛弃疾

郁孤台下清江水，中间多少行人泪？西北望长安，可怜无数山。　　青山遮不住，毕竟东流去。江晚正愁余，山深闻鹧鸪。

这首词下阕过片由"青山"承接上片"无数山"，"东流去"又暗承上片的"清江水"。两"山"紧密相连，衔接紧凑，发挥承上启下的重要作用。

鹧鸪天
辛弃疾

壮岁旌旗拥万夫，锦襜突骑渡江初。燕兵夜娖银胡䩮，汉箭朝飞金仆姑。　　追往事，叹今吾，春风不染白髭须。却将万字平戎策，换得东家种树书。

这首词上片怀想青年时代率部抗金、南归渡江的战斗场景，下片慨叹闲居至老、壮志未酬。过片"追往事，叹今吾"，分别概括上片和引起下片，上下片紧密连接。

（2）上下片不相连，换头另起一端

上下片的两端有内在的关联，全词的意境、感情、气脉是完整贯通的。

卜算子
苏轼

缺月挂疏桐，漏断人初静。谁见幽人独往来，缥缈孤鸿影。

惊起却回头，有恨无人省。拣尽寒枝不肯栖，寂寞沙洲冷。

这首词上片写幽人，幽人孤独如孤鸿，下片转写孤鸿，其实借孤鸿喻人之幽恨孤绝。全词托物寄寓了词人苦闷、孤高的复杂情绪。

（3）上下片相对比

上下片或一今一昔，或一正一反，或一问一答，过片作为过渡，使下片起首紧承上片结尾，上下片一气贯通。

破阵子
李煜

四十年来家国，三千里地山河。凤阁龙楼连霄汉，玉树琼枝作烟萝。几曾识干戈？　一旦归为臣虏，沈腰潘鬓消磨。最是仓皇辞庙日，教坊犹奏别离歌。垂泪对宫娥。

这首词上片追忆昔日帝王生活，以"几曾识干戈"作结，下片过片以突然间做了敌人阶下囚起首，和上片的"几曾识干戈"形成鲜明对比，有力地表现了主题和词人的情感。

3. 结

词人历来重视结句，甚至认为"一篇全在尾句"。词结的方法很多，和诗有很多相通之处，总之要收合、统揽全篇，富有深意与余韵，留给人回味的空间。下面是几种常见作结的方法。

（1）以景结

以景结含蓄朦胧，将作者欲说而不直说之意都蕴含在景中，营造深远的意境，使词人想抒发的情感显得韵味深长、耐人寻味，"含有余不尽之意"。词中此方法较为多见。

例：

青玉案
贺铸

凌波不过横塘路，但目送，芳尘去。锦瑟华年谁与度？月桥花院，琐窗朱户，只有春知处。　飞云冉冉蘅皋暮，彩笔新题断肠句。试问闲愁都几许？一川烟草，满城风絮，梅子黄时雨。

这首词结句以"烟草、风絮、梅雨"三种景物写"闲愁"，一串博喻手法将不可触摸的无形的感情,转化为可见、可体味的江南暮春时节烟雨迷蒙的实景,使得"闲愁"更加具体可感,形象、真切地表现出词人失意、迷茫、凄苦的内心世界,超过前人。贺铸也因此词而得名"贺梅子"。

忆秦娥
李白

箫声咽,秦娥梦断秦楼月。秦楼月,年年柳色,灞陵伤别。

乐游原上清秋节,咸阳古道音尘绝。音尘绝,西风残照,汉家陵阙。

此词上片伤别,下片伤逝。这首词中的结句"西风残照,汉家陵阙"境界宏大,蕴含悲壮至极的历史消亡感,气象雄浑冠绝古今。

(2) 以情结

结句直接抒发情感,在前面铺垫的基础上,以情结似水到渠成,起到激荡人心的效果。

例:

一剪梅
李清照

红藕香残玉簟秋。轻解罗裳,独上兰舟。云中谁寄锦书来,雁字回时,月满西楼。　　花自飘零水自流。一种相思,两处闲愁。此情无计可消除,才下眉头,却上心头。

这首词倾诉相思、别愁之苦,结句是历来为人所称道的名句,以"才下眉头,却上心头"表现无法消除、无处不在的闲愁,"眉头"与"心头"相对应,"才下"与"却上"成起伏,语句工整,手法巧妙,与前面另两个同样工巧的四字句"一种相思,两处闲愁"前后衬映,而相得益彰。

(3) 以议论结

结句直接抒发作者的议论,多为含义隽永的警句,引人深思,能深化词的主题。

鹊桥仙
秦观

纤云弄巧，飞星传恨，银汉迢迢暗度。金风玉露一相逢，便胜却人间无数。　　柔情似水，佳期如梦，忍顾鹊桥归路。两情若是久长时，又岂在朝朝暮暮。

这首咏七夕的词，借牛郎织女悲欢离合的故事，歌颂坚贞诚挚的爱情，凄美动人。特别是结句词人拓开笔墨，以议论赞叹："两情若是久长时，又岂在朝朝暮暮。"这句精警隽永而富含思想的议论，热情歌颂了一种圣洁而永恒的爱情，议论中饱含深情，给人以无穷的余味。这两句感情色彩很浓的议论，成为爱情诗词中的千古绝唱。

（4）以情状结

以人的情态作结，如人们在某种心情下共有的行为状态：徘徊、搔首、回头、踟蹰等。将思想情感巧妙地蕴含于人物的某种情状之中，让读者自己去体味，具有语短情长、余韵无穷的美学效果。

例：

渔家傲·秋思
范仲淹

塞下秋来风景异，衡阳雁去无留意。四面边声连角起，千嶂里，长烟落日孤城闭。　　浊酒一杯家万里，燕然未勒归无计。羌管悠悠霜满地，人不寐，将军白发征夫泪。

结句用"白发""征夫泪"衬托"人不寐"的情态，形象地表现了将士思乡与征战的愁苦与矛盾的心情。

（5）以他意结

结句在前文的基础上拓开另一层意思，又出新意，具有余音不尽的效果。

齐天乐·蝉
王沂孙

一襟余恨宫魂断,年年翠阴庭树。乍咽凉柯,还移暗叶,重把离愁深诉。西窗过雨。怪瑶佩流空,玉筝调柱。镜暗妆残,为谁娇鬓尚如许。　铜仙铅泪似洗,叹携盘去远,难贮零露。病翼惊秋,枯形阅世,消得斜阳几度?余音更苦。甚独抱清商,顿成凄楚?谩想熏风,柳丝千万缕。

这首词托物寄意,借咏秋蝉表达穷途末路、国破家亡的无限哀思。由蝉的形象联想到宫女的含恨而死,"病翼""枯形"是形容饱尝苦难的遗民形象。结句却突然转到"谩想熏风,柳丝千万缕",那正是蝉在盛夏时的黄金时代,但毕竟如昙花一现时过境迁,更显今日之悲苦。结句拓开一层,用反面衬托,而情味更浓。

(6) 以祈愿结

以美好的期待、祝愿作结,使词意增加绵绵情思,开拓新意,深化感情。

例:

卜算子
李之仪

我住长江头,君住长江尾。日日思君不见君,共饮长江水。
此水几时休,此恨何时已。只愿君心似我心,定不负相思意。

这首词以长江水为抒情线索,语言明白如话,句式回环重叠,感情热烈真挚,富有民歌风味,结句以祈愿寄予对方,真挚恋情似脱口而出,表现了江流情长的永恒之爱。

(7) 以比喻结

以比喻作结,喻体能恰到好处地表现和烘托要表现的主题的特点,更加生动可感。

例：

醉花阴
李清照

薄雾浓云愁永昼，瑞脑消金兽。佳节又重阳，玉枕纱橱，半夜凉初透。　东篱把酒黄昏后，有暗香盈袖。莫道不消魂，帘卷西风，人比黄花瘦。

这首词描写了重阳节把酒赏菊的情景，烘托了一种凄凉寂寥的氛围，表达了作者思念丈夫的孤独与寂寞的心情。"莫道不消魂，帘卷西风，人比黄花瘦"是全篇最精彩之句。句中以花木之"瘦"比人之瘦，使得"物皆著我之色彩"，"莫道不消魂""帘卷西风"也直接为"人比黄花瘦"渲染环境氛围，共同创造出一个凄清寂寥的怀人之境，使得"人比黄花瘦"中形象的比喻有了更深厚的意味。

（8）以反诘结

用反问的形式表达确定的意思，以加强语气。

例：

忆江南三首（其一）
白居易

江南好，风景旧曾谙。日出江花红胜火，春来江水绿如蓝。能不忆江南？

这首词结句"能不忆江南？"疑问语气意在表达对前述江南春景的深切追忆，也暗衬了今时的苦闷，意蕴丰富，耐人寻味。

二、双调词上下片的结构安排

填词，要意在笔先，统筹全局，有层次和脉络，这样才能气脉流畅。一首双调词的上下片应该互相照应，相依相成，构成统一于主题的整体。

上下片的安排要有整体构思，一般来说，上片不要将意思说尽，给下片留有发展、引申的空间，下片要在上片的基础上加以扩展、延伸，继续开拓意境、深化主题。上下片注意不能重复累赘，在情感、气氛、节奏上应该有起伏变化，但都应统一于词的主题和基调，在意象的选择和意境的营造上也应如此，达到情感、意趣的和谐、统一。

上下片的结构安排有以下几种常见方式：

1. 上景下情

上片写景或以写景为主，下片抒情或以抒情为主。这样的结构安排符合触景生情、借景抒情的思维规律和艺术手法，在词中最为常见。

例：

玉楼春

宋祁

东城渐觉风光好，縠皱波纹迎客棹。绿杨烟外晓寒轻，红杏枝头春意闹。　　浮生长恨欢娱少，肯爱千金轻一笑。为君持酒劝斜阳，且向花间留晚照。

这首词章法自如，上片描写美好的春光，勾画出一幅充满生机、色彩鲜明的早春图，下片转到对浮生若梦、苦多乐少的感慨，词人对于易逝光阴的爱惜，对美好春天的珍视和留恋之情跃然纸上。其中"闹"字堪为炼字的代表，运用了通感的手法，有色有声，把大好春光点染得生动形象，王国维《人间词话》说："着一'闹'字而境界全出。"

苏幕遮

周邦彦

燎沉香，消溽暑。鸟雀呼晴，侵晓窥檐语。叶上初阳干宿雨，水面清圆，一一风荷举。　　故乡遥，何日去？家住吴门，久作长安旅。五月渔郎相忆否？小楫轻舟，梦入芙蓉浦。

这首词上片主要描绘夏日清晨的荷花姿态。"叶上初阳干宿雨，水面清圆,一一风荷举。"这句对荷花形象的描写是经典名句,用词清丽、圆润,将荷花描写得逼真形象、玲珑可爱,具有动态的美感。王国维评价:"此真能得荷之神理者。"下片开头转到抒情,问句直接表现了重归故里的愿望,最后三句用梦境结尾,将人带入对家乡的无限情思和遐想,情与景相谐相生。

2. 上昔下今或上今下昔

在今昔强烈的对比中,烘托深沉的意境和情感。

例:

鹧鸪天·有客慨然谈功名因追念少年时事戏作
辛弃疾

壮岁旌旗拥万夫,锦襜突骑渡江初。燕兵夜娖银胡䩮,汉箭朝飞金仆姑。 追往事,叹今吾,春风不染白髭须。却将万字平戎策,换得东家种树书。

这首词概括了一个抗金名将的悲惨遭遇,上片追忆青年时代抗金南归的战斗情景,从战争场面的具体描写中表现了词人青年时期的不凡经历。下片转入对往事的追怀,抒发被闲置至今而报国无门的苦闷之情。一"追"一"叹"今昔对照,感叹青春不再,韶华易逝,而又暗含词人不甘心年老,壮志并未彻底湮灭之意,结句用将无人采纳的"万字平戎策"向人换来"种树书"的慨叹,进一步表现作者理想与现实的尖锐矛盾,把上一句的感慨引向更为深入、无比沉痛的境地。

临江仙
晏几道

梦后楼台高锁,酒醒帘幕低垂。去年春恨却来时。落花人独立,微雨燕双飞。 记得小苹初见,两重心字罗衣。琵琶弦上说相思。当时明月在,曾照彩云归。

这首词结构严谨,情景交融。上片写醉梦醒后人去楼空的景象,抒发寂寞伤感之情，"去年春恨却来时"一句承上启下，"落花""微雨"象征着芳春过尽，美好时光即将消逝时的黯然神伤，燕子双飞反衬孑然一身的孤独，引起绵长的春恨。下片转入对旧日情人的追忆，着重写从前与她初见的情景，回忆起两重心字的罗衣，以及倾诉相思之情的琵琶声，结句"当时明月在，曾照彩云归"将今昔打成一片，是回忆旧日深情、慨叹人事全非的抒情名句。

3. 上幻下真

上片描写幻梦中的情景，下片转入对现实的描写，通过强烈的对比突出词的主题。

例：

沁园春·梦孚若
刘克庄

何处相逢？登宝钗楼，访铜雀台。唤厨人斫就，东溟鲸脍；圉人呈罢，西极龙媒。天下英雄，使君与操，余子谁堪共举杯？车千乘，载燕南赵北，剑客奇才。　　饮酣画鼓如雷，谁信被晨鸡轻唤回。叹年光过尽，功名未立；书生老去，机会方来。使李将军，遇高皇帝，万户侯何足道哉。披衣起，但凄凉感旧，慷慨生哀。

这首词上片写词人梦中游宴北方，群聚豪杰，激情挥洒收复中原、安定天下的豪情壮志；下片转写梦醒后的凄凉境况，在强烈对照下，反衬出生不逢时，老来未能建功立业的无限悲凉。

破阵子
辛弃疾

醉里挑灯看剑，梦回吹角连营。八百里分麾下炙，五十弦翻塞外声。沙场秋点兵。　　马作的卢飞快，弓如霹雳弦惊。了却君王天下事，赢得生前身后名。可怜白发生！

这首词上片直接写醉梦中的情景，战前的准备写得充满豪情。下片继续写战斗中部队的威武勇猛，取得胜利后功成名就，这仍是梦中的景象，结句陡然转折，从幻梦来到现实。这首词下片的意思直承上片，只在末尾作转结，戛然而止却留有余音。

4. 上问下答

上片发问，下片回答，强化了主题，能表达强烈的情感。

例：

渔家傲

李清照

天接云涛连晓雾，星河欲转千帆舞。仿佛梦魂归帝所。闻天语，殷勤问我归何处。　　我报路长嗟日暮，学诗谩有惊人句。九万里风鹏正举。风休住，蓬舟吹取三山去！

这首词气势磅礴，是婉约派词宗李清照少有的豪放风格的作品。上片展现了辽阔、壮美的图景，境界开阔大气，末二句是写天帝问我归何处的问话，过片二句则是词人的对答，一问一答之间，紧密衔接，使得上下两片一气呵成。下片回答要乘长风到遥远的仙境，表现了词人不安于平庸生活、追求理想的信念，结句"风休住，蓬舟吹取三山去！"气势磅礴，寄予了词人一往无前的志向。上片写天帝询问词人归于何处，此处便交代了海中仙山为词人的归宿。整首词前后呼应，结构缜密。

三、选择词牌的方法

诗有题目，词有词调，今天我们所说的填词就是依据词调的声律填写。填词首先要选调，一般来说，小令适于表现即兴生发的情感，或者表现某一具体场景、特写式的镜头；而要表现较为丰富的情感内涵，或有宏大境界的题材，就需要有较长的篇幅，这样运用双调更为合适；如果想以赋的手法进一步铺展开细致缠绵的描述，或者纵横恣肆的铺排，则以选择慢词（长调）为宜。

选择词牌还要注意词牌的声情，不同的词牌在表达声情上是不同的，各词牌在长期实践发展的过程中基本形成了相对固定的声情，或细腻婉约或激越豪放，或幽怨凄凉或坦荡激昂。如《满江红》《念奴娇》适合表现感情强烈、声情豪壮的内容，在用韵上也以入声字为主；《小重山》《一剪梅》适合表现感情深婉细腻、孤寂凄清的内容，大多选用平韵。选词牌不能"顾名思义"，即依据词牌的表象去填词。如《千秋岁》，不能望词生意地用它去祝寿，此词牌调子较为凄凉幽怨，用韵很密且全用仄声字，读来声情幽咽。秦观有"落红万点愁如海"的名句，后来黄庭坚就用此词牌吊唁秦观，因此后人多拿它作吊唁之词。同样，《寿楼春》的声调也是哀怨凄婉，不能用来祝寿。又如《贺新郎》，词调慷慨激昂，与燕尔新婚的感情不相适应，因此亦不能用来祝贺新人。选择词牌，一般可以从以下几个方面综合分析：

1. 从声、韵方面探索，包括字韵部平仄和韵脚的疏密。一般来说，句子较短，节奏较急，韵脚较密，所用韵部或急促或响亮的，情调大多激昂悲壮；反之，句子较长，韵脚较疏，所用韵部比较细弱低沉，则情调大多比较低回和婉。

2. 依据篇幅的长短，一般来说，短篇宜于抒情，长篇适于铺叙。

3. 从形式结构方面探索，包括是否分片和句式的特点。

4. 分析唐宋著名词人同一词调的多数作品，找出他们用这个词牌表达的思想感情特点，借以推知词牌的声情。对初学者来说，这种方法最为实用，也便于更快地掌握。

四、词调的作法

以下是几种常见词调作法的举例，词谱摘录自龙榆生著《唐宋词格律》。（每一格中的"中"表示可平可仄，例词中粗体字为韵脚）

1. 浣溪沙

唐教坊曲，《金奁集》入"黄钟宫"，《张子野词》入"中吕宫"。四十二字，上片三平韵，下片两平韵，过片二句多用对偶。别有《摊破浣溪沙》，又名《山花子》，上下片各增三字，韵全同。

格一：四十二字，上片三平韵，下片两平韵，过片二句多用对偶。

格一

中仄中平中仄平（韵）中平中仄仄平平（韵）中平中仄仄平平（韵）

中仄中平平仄仄（句）中平中仄仄平平（韵）中平中仄仄平平（韵）

词牌特点：是平韵格，全词由七言句式构成，音韵流丽谐婉，相似的词牌还有《忆江南》《鹧鸪天》等。从句式结构特点来看，《浣溪沙》相当于一首变格的七律，下片第一、二句对应于七律的颈联，故沿用对仗。《浣溪沙》上片前两句为一整体，下片前两句为一整体。第三、六两句单独成句，在语意上起承接、收合的作用。

例：

浣溪沙

晏殊

一曲新词酒一**杯**，去年天气旧亭**台**。夕阳西下几时**回**？

无可奈何花落去，似曾相识燕归**来**。小园香径独徘**徊**。

这首词上片前两句由新词和酒引入对去年光景的回忆，第三句承接前面时空的线索，以问句寓含对时间及人生的思考。下片前两句为对仗句写眼前景物，是写景抒情的名句，以形象的语言寓含对光阴易逝、生命轮转的体认，意蕴深沉，第三句以情状结，耐人寻味。

浣溪沙

秦观

漠漠轻寒上小**楼**，晓阴无赖似穷**秋**。淡烟流水画屏**幽**。

自在飞花轻似梦，无边丝雨细如**愁**。宝帘闲挂小银**钩**。

这首词上片前两句写天气的凄清，通过对萧瑟景物的描写渲染气氛，第三句由室外转到室内，进一步通过画屏表现清幽的氛围。下片前两句写倚窗所见，对仗句情景交融，表现如梦似烟的愁绪，写得朦胧优美，第三句在前两句的基础上，以景收合，引人遐想，进一步表现主人公挥之不去，又无处不在的闲愁。

2. 南乡子

唐教坊曲。《金奁集》入"黄钟宫"。二十七字，两平韵，三仄韵。五代人词略有增减字数者，兹举两式。南唐改作平韵体，《张子野词》入"中吕宫"，重填一片，五十六字，上下片各四平韵。宋以后多遵用之。

格一：二十七字，五句两平韵、三仄韵。

格一

仄仄平平（平韵）中平中仄仄平平（叶平）仄仄平平平仄仄（换仄韵）平仄（叶仄）仄仄平平平仄仄（叶仄）

格三：双调，五十六字，十句八平韵。

格三

中仄仄平平（韵）中仄平平仄仄平（韵）中仄中平平仄仄（句）平平（韵）中仄平平中仄平（韵）

中仄仄平平（韵）中仄平平仄仄平（韵）中仄中平平仄仄（句）平平（韵）中仄平平中仄平（韵）

词牌特点：此词牌格一是平仄韵转换格，格三是平韵格。词中不同字数的句式参差，从句意关系上看，前两句为一整体，后三句为一整体。其中的两字句，多起到承上启下的作用，这两字的意思要分别和前句、后句有内在的承接关系。两字句可用不同的字，多起语意过渡的作用；也可用叠字，多起渲染情感的作用。

例：

南乡子（格一）
欧阳炯

画舸停**桡**，槿花篱外竹横**桥**。水上游人沙上**女**，回**顾**，笑指芭蕉林里**住**。

这首词前两句写景，用白描手法表现了恬淡静雅之美，第三句转写人事，写"沙上女"与"水上游人"的相遇，抓住"回顾"这一瞬间的动作，表现了少女的娇羞与不甘，结句少女的答话似留下话外之音，将人引入对当时场景的遐想之中。整首词清丽如画，富有南国水乡的情韵。

南乡子（格三）
冯延巳

细雨湿流**光**，芳草年年与恨**长**。烟锁凤楼无限事，茫**茫**，鸾镜鸳衾两断**肠**。

魂梦任悠**扬**，睡起杨花满绣**床**。薄倖不来门半掩，斜**阳**，负你残春泪几**行**。

这首词上片前两句情景交融，表现了春天里无限的离愁别恨，后三句继续描写迷茫的景象，寓意形只影单的孤绝，两字句"茫茫"准确表现了这种无可寄托的心情。下片以禁锢在空闺中少妇的口吻，写从睡起等到红日西斜仍不见"薄情郎"，借辜负春光委婉表达了主人公的心迹。上下片内在相承，整首词以人物情感为线索，心理描写细腻而深刻。

3. 临江仙

双调小令，唐教坊曲。《乐章集》入"仙吕调"，《张子野词》入"高平调"。五十八字，上下片各三平韵。约有三格，第三格增二字。柳永演为慢曲，九十三字，前片五平韵，后片六平韵。

格三：双调，六十字，上下片各三平韵。

格三

中仄中平平仄仄（句）中平中仄平平（韵）中平中仄仄平平（韵）中平平仄仄（句）中仄仄平平（韵）

中仄中平平仄仄（句）中平中仄平平（韵）中平中仄仄平平（韵）中平平仄仄（句）中仄仄平平（韵）

词牌特点：是平韵格，长短句错落有致，音韵流丽谐婉。变体很多，有十一格，最常见的有两种：一种双调五十八字，上下片各五句三平韵；另一种双调六十字，上下片各五句三平韵。格三的起句是七、六字句，适合抒情，结句两个五字句，有律诗声韵美的特点，可用对仗，也可不用。

例：

临江仙

杨慎

滚滚长江东逝水，浪花淘尽英**雄**。是非成败转头**空**。青山依旧在，几度夕阳**红**。

白发渔樵江渚上，惯看秋月春**风**。一壶浊酒喜相**逢**。古今多少事，都付笑谈**中**。

这是一首咏史词，上片起句借滚滚东逝的江水引入对历史的感慨，"是非成败转头空"，是对功名成败的辩证思考，结句通过相对应的景物，继续表现对人事、时空变换的深入思考。下片过片承接上片，借白发渔樵的形象，表现无奈又洒脱的心境，后三句将意境及心境引入旷达、超迈的境地，在苍凉悲壮中蕴含深邃的人生哲理。

临江仙

苏轼

夜饮东坡醒复醉，归来仿佛三**更**。家童鼻息已雷**鸣**。敲门都不应，倚杖听江声。

长恨此身非我有，何时忘却营营。夜阑风静縠纹平。小舟从此逝，江海寄余生。

这首词上片起句直接点明醉酒的时间地点和程度，接着通过写家童鼻息如雷和谛听江声，以动衬静，以有声衬无声，烘托出无比孤寂的心情，为下片中作者的人生反思做了铺垫。下片过片以议论入词，以深沉的慨叹转入对人生的思考，景物描写暗合作者的心境，结句直抒胸臆，表现了作者超然出世，追求人生自由的理想。

4．水调歌头

唐大曲有《水调歌》，据《隋唐嘉话》，为隋炀帝凿汴河时所作。宋乐入"中吕调"，见《碧鸡漫志》卷四。凡大曲有"歌头"，此殆裁截其首段为之。九十五字，前后片各四平韵。亦有前后片两六言句夹叶仄韵者，有平仄互叶几于句句用韵者。

定格

中仄仄平仄（句）中仄仄平平（韵）中平中仄平中（句）中仄仄平平（韵）中仄平平中仄（句）中仄平平中仄（句）中仄仄平平（韵）中仄仄平仄（句）中仄仄平平（韵）

中中中（句）中中仄（句）仄平平（韵）中平中仄（句）平中平仄仄平平（韵）中仄平平中仄（句）中仄平平中仄（句）中仄仄平平（韵）中仄中平仄（句）中仄仄平平（韵）

词牌特点：是平韵格，词调慷慨激昂，用不同字数的句式混合组成，以五言为主，上下片两个六字句多作对仗。上片第三、四句及下片第四、五句，可作上六下五，也可作上四下七。上下片的两个六字句，宋人常兼押仄声韵，如苏轼《水调歌头》。另有九十四、九十六、九十七字格。可平可仄处出入较多，须对照不同词谱掌握调配。在谋篇布局上，应以主题运贯全篇，词意的承接、转折、收放等安排都要契合主旨，前后衔接，一气贯通，结句尤为重要，要能首尾呼应，收合全篇，并留有余韵。

例：

水调歌头·沧浪亭

苏舜钦

潇洒太湖岸，淡伫洞庭**山**。鱼龙隐处，烟雾深锁渺弥间。方念陶朱张翰，忽有扁舟急桨，撇浪载鲈**还**。落日暴风雨，归路绕汀**湾**。

丈夫志，当景盛，耻疏**闲**。壮年何事憔悴，华发改朱**颜**。拟借寒潭垂钓，又恐鸥鸟相猜，不肯傍青**纶**。刺棹穿芦荻，无语看波**澜**。

这首词上片从太湖岸边凄清的景色写起，表现隐逸于太湖风光的乐趣，"忽"字是转折处，将思绪拉回到现实，转而意识到生存意义的危机。下片过片转入议论抒发志向，接着从"拟借寒潭垂钓"，到"无语看波澜"，抒发岁月蹉跎而壮志难酬的苦闷和惆怅，结句表现作者仍不甘沉沦、积极奋争。全词以词情贯穿全篇，寓情于景，内有起伏和转换，景色和情绪的变化相互映衬，是情景交融的佳作。

水调歌头

苏轼

明月几时有？把酒问青**天**。不知天上宫阙，今夕是何**年**。我欲乘风归**去**，又恐琼楼玉**宇**，高处不胜**寒**。起舞弄清影，何似在人间。

转朱阁，低绮户，照无**眠**。不应有恨，何事长向别时**圆**？人有悲欢离**合**，月有阴晴圆**缺**，此事古难**全**。但愿人长久，千里共婵娟。

附注："去"与"宇"，"合"与"缺"，夹叶反韵。

这首词起句发问，起得奇崛，借问月写到幻想月宫仙境，表现作者想出世登仙的奇想，接着转回到眷念人间的感情上，"欲""又恐""不胜"表现了这种微妙、矛盾的心理，再以月下起舞的感受作结。下片怀人，由怀子由而感念人生离合无常，过片三句承接上片的"人间"，写月下人间景致，"不应有恨，何事长向别时圆？"以对无情之月的诘问，表现人间的深情，接着笔锋一转，从结构上又推开一层，"人有悲欢离合，月有阴晴圆缺，此事古难全"。从人到月、从古到今做了高度的概括，结句寄予美好的祈愿，将思绪引向无限的时空。这首词上片凌空而起，从虚处入笔，间以情绪的起伏；下片由虚转实，思绪波澜层叠，最后虚实相应，以祈愿作结。全词充满浪漫主义色彩，语言如行云流水，意境清丽而雄阔，情怀乐观而旷达，极富哲理与人情，具有感人至深的艺术魅力。胡仔《苕溪渔隐丛话》说："中秋词，自东坡《水调歌头》一出，余词尽废。"

  词的格律严谨、句法多样、体式灵活，其内容、风格和表现手法各异，初学填词者，应该多细读、体味历代名家名作，揣摩其在结构、章法、文辞上的特点，学习谋篇布局、表情达意的方法，掌握词牌格调、声情上的特点。这样渐渐熟练以后，便能得词法三昧，在此基础上多写多练，并加以变化，以形成自己的特点。

第六章　诗词写作精要

在熟练掌握诗词格律的基础上，诗词作者还应具有一定的诗词素养与能力，掌握一定的创作方法，才能写出好的诗词作品。而当代诗词更应具有时代性，应能反映时代精神，表现时代主题和内容，并富有新意，这对诗词作者提出了比较高的要求。

诗词的思维与语言

诗学研究表明，诗是寓于形象的思维。形象思维，也就是艺术思维，是诗歌创作过程中主要的思维方式，借助于形象反映生活，运用典型化和想象的方法，塑造艺术形象，表达抽象的理念和作者的思想情感。诗词是语言的艺术，历代经典诗词作品之所以脍炙人口，流传千古，在于它精巧的载体，得益于精妙的语言，及诗人们高超地运用语言的方式。

1. 形象思维

诗词创作多借助于形象思维，形象思维在诗词中比比皆是。例如，柳宗元《江雪》："千山鸟飞绝，万径人踪灭。孤舟蓑笠翁，独钓寒江雪。"这首诗是托景言志的。当时诗人柳宗元因革新政治失败，被贬谪永州，处境孤独，情绪悲愤。开头两句，诗人用飞鸟远遁，行人绝迹的景象，渲染出一个孤寂苦寒的境界；后两句刻画了一个身披蓑衣，顶风冒雪，独钓寒江的渔翁形象。这个艺术形象显然是诗人自身的写照,曲折地表达了诗人在政治改革失败后,虽处孤独险恶之中,但仍顽强不屈,不向黑暗势力低头的精神。

诗是言志抒情的文体,而情和志都是抽象的、观念化的事物,因此,必须通过形象思维的巧妙运用才能充分地表现情志的意蕴,如果以逻辑推理、抽象结论来表达,那就等同于哲学和科学了。诗词是文学艺术最精美的形式,讲究含蓄、蕴藉、韵味和意境,诗人通过形象思维构成意象,由意象组合成意境,才能达到审美的效果,使人的情感得到共鸣,得到美的陶冶和愉悦。例如李白《清平调》三首:

云想衣裳花想容,春风拂槛露华浓。若非群玉山头见,会向瑶台月下逢。

一枝红艳露凝香,云雨巫山枉断肠。借问汉宫谁得似?可怜飞燕倚新妆。

名花倾国两相欢,长得君王带笑看。解释春风无限恨,沉香亭北倚阑干。

这三首诗是唐玄宗与杨贵妃在沉香亭赏牡丹花时,命李白写的新乐章,李白奉命写了《清平调》三首诗,歌咏名花和美人。诗中将牡丹和美人形象交互在一起,花即是人,人即是花,人面花光浑融一片,同蒙唐玄宗的恩泽。第一首以云喻衣,以花喻貌,以春风喻君王之恩泽,寓意杨贵妃是群玉山头、瑶台月下的仙女。第二首用楚襄王梦中会神女而断肠的故事,把上句的花拟人化,又以汉后赵飞燕作比,来抬高杨妃的天然绝色。第三首点明在唐宫的沉香亭外,君王含笑看倾国美人,看花也即是看人,人与花浑然一体。这三首诗,都充分利用了形象思维,用牡丹花来表现人物的倾国绝色,使人恍若身临其境,如见其人,将人带到对美的无限神往和倾慕之中。

由此可见,形象化的思维和描写能使诗词寓意于言外,增强艺术感染力和表达效果,符合人们审美的心理需要。

2. 诗词的语言

欧阳修《六一诗话》中引用梅尧臣的话："诗家虽率意，而造语亦难。若意新语工，得前人所未道者，斯为善也。必能状难写之景，如在目前，含不尽之意，见于言外，然后为至矣。"姜夔《白石诗说》中说："语贵含蓄。东坡云：'言有尽而意无穷者，天下之至言也。'……句中有余味，篇中有余意，善之善者也。"

"意新语工"是佳作的标准，体现了诗词内容与形式之间辩证的关系，它要求诗词要有创造性，构思要新，意境要新，写景抒情也要新，并用生动含蓄的语言将之表达出来，使读者有"如在目前"的感受，引起深广的想象和联想。

诗词的语言概括起来有以下几个特点：

（1）音韵和谐，富有节奏

近体诗和词的格律本身就有平仄粘对的规则，形成抑扬顿挫的音调，同时还具有内在规则交替的节奏，不同的词牌词谱有不同的声情特点，这些构成了诗词的音律美。诗词的语言要节奏均匀、韵律和谐，切忌艰涩生硬、佶屈聱牙，可以借助语言音韵的高低、抑扬、长短以及拗句来增强作品的情韵，使之读来如行云流水，听来如金声玉振，富有艺术感染力。

（2）准确生动

诗词的篇幅短小，要用准确的语言写景、叙事、议论、抒情。诗词多用形象思维，往往以其生动形象而感人至深。诗词的语言要使形象活起来，呈现出动态化，给人以动感。准确巧妙地用词能使全诗生辉，如苏轼《念奴娇·赤壁怀古》："乱石穿空，惊涛拍岸，卷起千堆雪。"其中"穿""拍""卷"等动词使用形象生动，有声有色地展现了赤壁的雄伟气势。

又如杜甫《水槛遣心》："细雨鱼儿出，微风燕子斜。""出"表现了鱼的欢欣，极其自然；"斜"表现了燕子的轻盈，形象生动。这两个动词使用十分准确，不可移易。两句细致地描绘了微风细雨中鱼和燕子的动态，流露出作者热爱春天的喜悦心情。

情感是无形的，在诗词中，情感多借助动人的形象抒发出来。一些诗词作品所蕴含的某种人生感悟或某种哲理，往往是通过生动富有寓意的意象来体现或暗示的。如李煜《虞美人》："问君能有几多愁，恰似一江春水向东流。"用春江水来比喻愁之滔滔不绝，生动可感，引人共鸣。又如叶绍翁《游园不值》："春色满园关不住，一枝红杏出墙来。"形象非常鲜明生动，想象构思奇特新颖，"春色""红杏"都被拟人化了。不但景中含情，饱含诗人对春光的热爱，而且景中寓理，能引起读者许多联想。"关不住""出墙"富有哲理：一切美好的、向上的、生机勃勃的新生事物，都具有顽强的生命力，是禁锢不住的，它必能冲破束缚而蓬勃发展。

（3）精练含蓄

诗词的篇幅很短，要用很少的文字来表现丰富的生活内容和思想感情，因此它的语言要求高度概括，特别精练、含蓄，具有感染力。

例如王之涣《登鹳雀楼》："白日依山尽，黄河入海流。欲穷千里目，更上一层楼。"可以说是这方面的典范，二十个字，尺幅千里，展现了一幅壮阔的山河画卷，并且蕴含着登高才能望远的哲理和奋发向上的精神。又如李白《玉阶怨》："玉阶生白露，夜久侵罗袜。却下水晶帘，玲珑望秋月。"作者未花笔墨描写人物的姿容和心理，只是用简练的笔墨写人物的行动和环境氛围，就使得被禁锢于深宫的女子之怨情跃然于纸上。

诗词是用艺术形象来表现思想感情的，往往是意在言外，一般情况下它不平铺直述，而多用比喻、象征与暗示，表达委婉，耐人寻味。例如李白的《劳劳亭》："天下伤心处，劳劳送客亭。春风知别苦，不遣柳条青。"诗的本意是要抒发离别时的悲伤之情，但他却不直接抒发，而是把春风拟人化，说春风通晓人意，深知人间离别的痛苦，不愿见到人们折柳送别的场面，故意不让柳条变绿返青。诗中借春风衬托了诗人内心的悲苦离情，曲折、含蓄，进一步加深了情感。又如王维《杂诗》："君自故乡来，应知故乡事。来日绮窗前，寒梅著花未？"这是一首抒发乡思的小诗，朴实如话，不加修饰，读来亲切隽永，耐人寻味。乡思可写之处颇多，而这首诗"以小见大"，故乡的诸多事都不过问，只将情思寄托在"寒梅"之上。"寒梅"背后隐藏的故事和情感却不作陈述，只问不答，带给人更多想象的空间，起到了以少胜多、意在言外的艺术效果。

诗词是优美动人的艺术形式，这种美表现在诗词语言及其营造的意境上，不同的语言风格和意境，能在心理上带给人不同的审美体验。在创作实践中，有些诗人逐渐形成了自己的语言风格，如杜甫沉郁顿挫、李白豪迈飘逸、高适悲壮苍凉、王维恬淡优美、李清照婉约含蓄等；而不同题材的诗也有相对稳定的语言风格，如田园诗恬淡宁谧、边塞诗悲凉慷慨、讽喻诗沉郁激愤、咏史诗雄浑壮阔等。诗的语言美是多风格的，如何具体运用，则要由诗词的具体内容来决定。但不管使用哪种风格的语言，只要能把诗意恰到好处地表现出来，这种语言就是好的诗的语言，也就是所谓的"诗家语"。

诗词的语法特点

诗词的语言精练，内蕴丰厚，在短小的篇幅内又受制于严谨的格律，因此在语法上有一些特点，以适应格律要求，增强艺术感染力。

1. 词类活用

在诗词中经常出现某一类词临时用为另一类词的情况，这叫词类的活用。常见的有以下几种：

（1）名词用作动词

例如毛泽东《沁园春·长沙》："粪土当年万户侯"中的"粪土"一词应是名词，这里作动词用，是"把当年万户侯看作粪土"的意思。

（2）形容词用作名词

例如《孔雀东南飞》："贫贱有此女，始适还家门。"其中"贫贱"应是形容词，这里的意思是"贫贱之家"。又如毛泽东《菩萨蛮·黄鹤楼》："把酒酹滔滔，心潮逐浪高！"其中"滔滔"应是形容词，这里作名词用，是"滚滚东流江水"的意思。

（3）形容词、动词的使动用法

例如李白《秋登宣城谢朓北楼》："人烟寒橘柚，秋色老梧桐。"其中

"寒、老"都是形容词的使动用法。秦观《踏莎行·郴州旅舍》："雾失楼台，月迷津渡。"这里的"失"和"迷"都是动词的使动用法。

（4）形容词的意动用法

例如岑参《登总持阁》："槛外低秦岭，窗中小渭川。""低秦岭"是"以秦岭为低"的意思，"小渭川"是"以渭川为小"的意思，是形容词的意动用法。

2. 语序的变换

在诗词中，为了适应平仄格律的要求，或者为了增强句子的美感，在不损害原意的基础上，诗人们常常将语序作适当变换。

例如毛泽东《送瘟神》："春风杨柳万千条，六亿神州尽舜尧。"本意应该是"神州六亿尽尧舜"，是说六亿人民都似尧舜，可是依照平仄规则，这里应为"仄仄平平仄仄平"，所以把"神州"和"六亿"倒过来，至于把"尧舜"说成"舜尧"不仅是由于平仄的需要，把"尧"字放在句末还兼顾了押韵的要求。

又如崔颢《黄鹤楼》："晴川历历汉阳树，芳草萋萋鹦鹉洲。"本意应是"晴川汉阳树历历（可数），鹦鹉洲芳草萋萋"，这里将主语后置，既注意了节奏的美感，兼顾了押韵，又突出了主语优美的意象，为引出尾联渺茫的乡愁做了铺垫。

又如张继《枫桥夜泊》："月落乌啼霜满天，江枫渔火对愁眠。"这里正常的语序应是"对江枫渔火愁眠"，将介词宾语"江枫渔火"的位置前移，既合乎了平仄格律的要求，还将平淡枯燥的叙述变成了意趣优美的诗句。

3. 省略和不完全

诗词的篇幅是很有限的，为了适应格律的要求和精练语言、增强表达效果的需要，省略句子成分的情况在诗词中也很常见。

省略主语的情况很多见，如杜甫《春望》："感时花溅泪，恨别鸟惊心。""花""鸟"实际上都是状语，却被放在了主语的位置上，这里的抒情主人公被省略了，不但没有影响表达的效果，还留给人想象的空间。

省略谓语动词的例子也很多，如毛泽东《沁园春·长沙》："恰同学少年，风华正茂，书生意气，挥斥方遒。""恰"字是副词后面省去了动词。

诗词中也常省略宾语，例如王维《相思》："愿君多采撷，此物最相思。"宾语"红豆"省略，隐含在上下文语意中。又如杜甫《江南逢李龟年》："岐王宅里寻常见，崔九堂前几度闻。"语意应该是崔九堂前几度闻歌声，宾语"歌声"省略。

4. 名词或名词性短语组合成句

"列锦"是诗词中常见的修辞手法，是指将几个名词或名词性短语排列起来构成句子，意象与意象之间直接拼合，句中省去了谓语成分，却能表达复杂的思想感情，多角度地描绘事物。

如贺铸《青玉案》："试问闲愁都几许，一川烟草，满城风絮，梅子黄时雨。"这里都是对几种景物的描写，没有谓语动词，直接将主观的情绪、心境投映到景物中，使无情的景物人格情感化，铺排出了一种迷离朦胧的闲愁之美。又如辛弃疾《西江月·夜行黄沙道中》："明月别枝惊鹊，清风半夜鸣蝉。"用"明月""清风"这样常见的景象，与"别枝惊鹊"和"半夜鸣蝉"组合在一起，便构成了一个有声有色、动静相宜的深幽意境，引人遐想。又如黄庭坚《寄黄几复》："桃李春风一杯酒，江湖夜雨十年灯。"上句追忆京城相聚之乐，下句抒写别后相思之情，诗人不描写具体动作、情态，直接用具体的意象组合，就能引起丰富的暗示和联想。

诗词的修辞手法

修辞是修饰文辞或词语的基本手法，是使语言表达产生美感效果的重要手段，在很大程度上没有修辞就没有语言。学习写诗词应该了解并掌握诗词常见的修辞手法。

1. 赋、比、兴

赋、比、兴是后人概括《诗经》中的三种主要的表现手法，是根据《诗经》的创作经验总结出来的，是中国古代对诗歌表现方法的归纳。最早的记载见于《周礼·春官》："大师……教六诗：曰风，曰赋，曰比，曰兴，曰雅，曰颂。"后来，《毛诗序》又将"六诗"称为"六义"，"故诗有六义焉：风、赋、比、兴、雅、颂"。风、雅、颂是诗体，赋、比、兴是诗法。

（1）赋

赋就是铺陈直叙，即在写景或抒情时平铺直叙地表达出来，特点是直说和铺陈，在篇幅较长的诗作中，铺陈与排比往往结合在一起用。赋多采用直叙、白描的手法，直叙和白描的共同特点都是不作任何比拟，语言朴素切实。

例如《诗经》中的《国风·豳风·七月》，这首诗通篇用"赋"的手法，按照季节的先后，从年初写到年终，按农事活动的顺序，以平铺直叙的手法，逐月描写男女奴隶们的劳动和生活，真实地展现了当时的劳动场面、生活图景和各种人物的面貌。全诗语言朴实无华，完全是用铺叙的手法写成的，真实反映了当时奴隶们一年到头的繁重劳动和无衣无食的悲惨境遇。

（2）比

比就是"以彼物比此物"，也就是比喻。一般来说，用来作比的喻体事物总比被比的本体事物更加生动形象、具体可感而为人们所知，能更鲜明地突出事物的特征，激发人们的联想和想象。

《诗经》中比的运用很广泛，其中整首都以拟物手法表达感情的，如《魏风·硕鼠》《小雅·鹤鸣》等；而一首诗中部分运用比喻手法的例子更多，如《卫风·硕人》，描绘庄姜之美，用了一连串的比喻，"手如柔荑，肤如凝脂，领如蝤蛴，齿如瓠犀，螓首蛾眉，巧笑倩兮，美目盼兮"，形象地表现了姿容的美丽，引人遐想。

（3）兴

兴是以其他事物为发端，先言他物以引起所要歌咏的内容。从特征上讲，有直接起兴、兴中含比两种情况；从使用上讲，有篇头起兴和兴起兴结两种形式。兴能激发读者的联想，使得形象鲜明、意蕴丰富，起到增强诗意的效果。

例如《诗经·周南·桃夭》："桃之夭夭，灼灼其华。之子（这人儿）于归（出嫁），宜其室家！桃之夭夭，有蕡（果实大而多貌）其实（果实）。之子于归，宜其家室！桃之夭夭，其叶蓁蓁（茂盛貌）。之子于归，宜其家人！"全诗三章，首章以桃花起兴，以桃之盛美比喻新娘子年轻貌美，这里是兴中有比，比兴兼用。以艳丽的青春画面激起读者的审美体验，唤起人们对美和幸福的向往。然后再祝福新娘子新婚宴尔、幸福美满。后两章仍以桃起兴，并加入了作者的想象，进一步祝福她家庭和睦，早生贵子，生活幸福。

又如杜甫《新婚别》的开篇："菟丝附蓬麻，引蔓故不长。嫁女与征夫，不如弃路旁。"一开头就是"先言他物以引起所咏之词"的起兴，起兴句中又隐含着"嫁女与征夫"相处难久的比喻，这是兴中含比。

在实际应用中，赋、比、兴三种手法经常结合在一起使用，或兴中有比，或赋中有比，或赋兴兼用，或赋比连用，也有的赋、比、兴三者兼用。

2. 常见的修辞手法

在诗词中，经常用到多种修辞手法，使语言表达得准确、鲜明而富有感染力。下面是几种诗词中常用的修辞手法。

（1）比喻

比喻就是打比方，即用某些有类似点的事物来比拟另一事物。比喻是诗词中最常用的修辞手法。运用比喻可以突出事物特征，使表达更加生动鲜明。比喻常见的有明喻、暗喻、借喻等几种。

①明喻。明喻就是本体、喻体和比喻词都出现的比喻，比喻词常用似、犹、如、若、比等。例如："欲把西湖比西子，淡妆浓抹总相宜。"（苏轼《饮湖上初晴后雨二首（其二）》）这里用明喻的手法，以绝色美人喻西湖，赋予西湖之美以生命，新奇别致，情味隽永。又如"柔情似水，佳期如梦，忍顾鹊桥归路"（秦观《鹊桥仙》），以"水"比喻柔情，以"梦"比喻佳期，是抒情名句。

②暗喻。暗喻又叫隐喻，只出现本体和喻体，是将本体直接说成喻体，不用比喻词语或用"是、成、为"等喻词，在语气上更肯定，表达感情更强烈。例如："暮云收尽溢清寒，银汉无声转玉盘。"（苏轼《中秋月》）将月亮直接说成玉盘，形象更鲜明生动。又如李白《静夜思》："床前明月光，疑是地上霜。"将月光直接说成霜。

③借喻。所谓借喻，即诗中借喻体代指本体。例如："此地一为别，孤蓬万里征。"（李白《送友人》）"蓬草"，又叫飞蓬，枯后断根，遇风飞旋，古诗多以之比喻孤身远行的旅人。又如"惊涛拍岸，卷起千堆雪"（苏轼《念奴娇·赤壁怀古》），这里用"雪"代指白色的浪花。

（2）拟人

拟人，即根据想象把事物当作人来写，赋予事物以人的思想和行为的一种修辞方法。拟人句的特点是：所写事物必须具有人的特点，且没有比喻词，没有表示人物的词语。运用拟人手法可以使色彩鲜明，描绘形象鲜活生动。例如："好雨知时节，当春乃发生。"（杜甫《春夜喜雨》）把雨拟人化，表现了诗人喜悦的心情。又如"雁引愁心去，山衔好月来"（李白《与夏十二登岳阳楼》），大雁有意为诗人带走愁心，君山有情为诗人衔来好月，写出了诗人流放遇赦的喜悦心情。又如"只恐夜深花睡去，故烧高烛照红妆"（苏轼《海棠》），将花写作美人，极富雅趣。

（3）夸张

夸张就是为了把事物表达得更加具体形象，对事物的形象、特征、作用、程度等方面着意扩大或缩小的描述，从而引起人们丰富的联想或者引起读者的共鸣。例如李白《秋浦歌》："白发三千丈，缘愁似个长。"把白发说成三千丈，强化了诗人悲愁的程度，使人感受到情绪的感染。又如岑参《走马川行奉送封大夫出师西征》："一川碎石大如斗，随风满地石乱走。"运用夸张手法渲染了西北边塞的苍茫、粗犷、奇特，以及戍边将士们的英勇、顽强。

（4）借代

借代是不直接说出某人或某事物的名称，而是借和它密切相关的另一个名称去代替。诗词中的借代手法很常见，可以增强语言的形象性，突出事物的本质特征，使语言富于变化和象征性。

①以部分代整体，例如："过尽千帆皆不是，斜晖脉脉水悠悠。"（温庭筠《忆江南》）其中"帆"是船的一部分，这里代指船。又如："羽扇纶巾，谈笑间、樯橹灰飞烟灭。"（苏轼《念奴娇·赤壁怀古》）樯本是挂帆的桅杆，橹则是一种摇船的桨，这里的"樯橹"代指曹操的水军战船。

②以具体代抽象，例如："故人具鸡黍……把酒话桑麻。"（孟浩然《过故人庄》）"鸡黍"是鸡肉和黄米饭，代指丰盛的饭菜，"桑麻"是桑树和麻，代指农事活动。又如"烽火连三月，家书抵万金"。（杜甫《春望》），这里的"烽火"代指战争。

③用特征、标志代本体，例如"雕栏玉砌应犹在，只是朱颜改"（李煜《虞美人》），其中的"雕栏玉砌"本是雕花栏杆和玉石台阶，这里代指故国的宫殿。又如"牙璋辞凤阙，铁骑绕龙城"（杨炯《从军行》），这里的"凤阙"代指长安，因汉武帝曾在长安建造凤阙，凤阙成了长安的标志，"牙璋"是古代的兵符，这里代指将帅，"铁骑"则代指军队。

④以颜色或工具等代本体，例如"远芳侵古道，晴翠接荒城"（白居易《赋得古原草送别》），这里的"翠"本是绿色，代指绿草。又如"老夫聊发少年狂，左牵黄，右擎苍"（苏轼《江城子·密州出猎》），这里的"黄"指代黄狗，"苍"指代苍鹰。又如"驿寄梅花，鱼传尺素。砌成此恨无重数"（秦观《踏莎行》），汉代用素绢写信，通常为一尺，称为"尺素"，后来成了书信的代称。

（5）衬托

衬托是为了突出主要事物，先描写与之有关联的事物作为陪衬的修辞手法，有正衬和反衬两种。例如："月出惊山鸟，时鸣春涧中。"（王维《鸟鸣涧》）这是以闹衬静的写法，衬托得春夜山涧更加幽静。又如"桃花潭水深千尺，不及汪伦送我情"（李白《赠汪伦》），用千尺桃花潭水反衬汪伦对我情谊至深，增强了感染力。又如"不觉碧山暮，秋云暗几重"（李白《听蜀僧濬弹琴》），写出了曲终时的景色和诗人沉醉于琴声之中的状态,侧面衬托了琴声的魅力。"碧纱窗下水沉烟,棋声惊昼眠。"(苏轼《阮郎归·初夏》)尾句以棋声衬托了周围环境的幽静闲雅。

(6) 对比

运用对比,可以把不同人物、事物、情感区别得更加鲜明。例如:"四海无闲田,农夫犹饿死。"(李绅《悯农》)"无闲田"与"犹饿死"形成惊人的对比,揭露出尖锐的阶级矛盾。又如"战士军前半死生,美人帐下犹歌舞"(高适《燕歌行》),以战士死在沙场与将帅纵情声色进行对比,形象鲜明,揭露深刻。又如"琵琶起舞换新声,总是关山旧别情。撩乱边愁听不尽,高高秋月照长城"(王昌龄《从军行》),诗人描写军中宴乐用"新"与"旧"对比,更能显示出听者浓重的别情边愁,这是任何欢乐的新曲都无法排遣的,表现了征戍者深沉、复杂的感情。

(7) 设问

设问是为了引起读者注意,故意提出问题自己回答或者不答,以引起读者的思索体会。例如:"丞相祠堂何处寻?锦官城外柏森森。映阶碧草自春色,隔叶黄鹂空好音。"(杜甫《蜀相》)又如"问君能有几多愁?恰似一江春水向东流"(李煜《虞美人》),又如"晓来谁染霜林醉?总是离人泪"(王实甫《长亭送别》)。

(8) 反问

反问是用疑问的形式表达确定的意思,可以加重语气,表达强烈的感情。例如:"江东弟子今虽在,肯为君王卷土来?"(王安石《叠题乌江亭》)又如:"醉卧沙场君莫笑,古来征战几人回?"(王翰《凉州词》)又如:"满地黄花堆积,憔悴损,如今有谁堪摘?"(李清照《声声慢》)

(9) 双关

双关即利用词的多义和同音,使某一字词表面所指的是一个意思,而内在所指的却是另一个意思,言在此而意在彼,使语句具有双重意义。在有些诗尤其是民歌中,作者为了表达出一种委婉含蓄的情感,往往采用双关的修辞手法,例如:"东边日出西边雨,道是无晴却有晴。"(刘禹锡《竹枝词》)其中"晴"即"情"的意思,表达上含蓄而委婉。又如"春蚕到死丝方尽，蜡炬成灰泪始干"（李商隐《无题》），其中"丝"即"思"的意思，情味深长。

（10）用典

用典是诗词创作中常见的修辞手法，常引用前人的语句、历史故事等典故。典故引用的恰当，可避免一览无余的直白，增加诗词的容量，使得诗句更凝练，语言更形象、含蓄与典雅，言近而旨远，提高作品的表现力和感染力。具体来看，用典有以下几种作用：

用典可以抒情言志，寄托情怀。例如："想当年，金戈铁马，气吞万里如虎。"（辛弃疾《永遇乐·京口北固亭怀古》）这里用了刘裕当年北伐抗敌的典故，作者借赞扬刘裕，讽刺南宋王朝主和派屈辱求和的无耻行径，表现作者抗金的主张和恢复中原的决心。又如"过春风十里，尽荠麦青青"（姜夔《扬州慢》），"春风十里"是引用杜牧的诗句，表现往日扬州十里长街的繁荣景况，这里的用典是虚写，"尽荠麦青青"，写词人今日所见的凄凉情形，是实写，对比鲜明的图景寄寓着词人昔盛今衰的感慨。

用典可以援古证今，引出论点。例如："烟笼寒水月笼沙，夜泊秦淮近酒家。商女不知亡国恨，隔江犹唱后庭花。"（杜牧《泊秦淮》）诗中的《后庭花》是歌曲名，源自南朝陈后主所作的《玉树后庭花》，被后人称为"亡国之音"，引用这个典故，是借陈后主因荒淫享乐终致亡国的历史，来讽刺晚唐那些不从中吸取教训、醉生梦死的统治者。

用典可以化用前人诗句，创新意境，例如毛泽东《人民解放军占领南京》："天若有情天亦老，人间正道是沧桑！""天若有情天亦老"这里是直接引用前人诗句，原诗是："衰兰送客咸阳道，天若有情天亦老。"出自李贺的《金铜仙人辞汉歌》，这里的化用蕴含了革命胜利和社会不断发展的时代意义。

用典可以精练语言，深化内涵。例如："怀旧空吟闻笛赋，到乡翻似烂柯人。"（刘禹锡《酬乐天扬州初逢席上见赠》）这里运用了向秀闻笛、王质遇仙两个典故表达诗人贬谪二十多年后回归故里时的感受。以"闻笛赋"隐含对当时统治者迫害旧友的不满，抒发对死去旧友深深的怀念之情；以"烂柯人"暗示自己遭贬谪时间太久，回来恍如隔世，人事全非。短短十四个字，表达出了如此复杂的情感。

需要注意的是，用典一定要得当，否则会影响表达的效果；要注意使用典故不能过多，否则会成为"掉书袋"；使用典故要避免生僻，否则会使诗词晦涩难懂。用典最好能做到恰当自然，如盐入水，和诗词内容浑然一体，收到化典于无痕的效果。

（11）互文

互文也叫互辞，是"参互成文，含而见文"。是指本应合在一起的字词，因字数的限制而被省略，但意思上互相补充、呼应，理解时应对照前后意思补上。运用互文手法，能使诗句语言明快，结构工整，声韵和谐。例如："秦时明月汉时关，万里长征人未还。"（王昌龄《出塞》）上句中"秦时"和"汉时"互文，"明月"和"关"互文。意思是"秦汉时的明月，秦汉时的关"。不能理解为明月属秦，关属汉。又如"东园载酒西园醉，摘尽枇杷一树金"（戴复古《初夏游张园》），上句中"东园"和"西园"互文，意思是"载酒游遍东园西园，欢饮沉醉"。不能理解为东园载酒游，西园中醉。再如"烟笼寒水月笼沙"（杜牧《泊秦淮》），不能只从字面解释，而应理解为：烟雾笼罩着寒水也笼罩着沙，月光笼罩着沙也笼罩着寒水。

（12）通感

通感也叫移觉，是把人的各种感觉，如视觉、听觉、嗅觉、味觉、触觉等通过比喻或形容沟通起来的修辞手法。例如"凤吹声如隔彩霞，不知墙外是谁家。重门深锁无寻处，疑有碧桃千树花"（郎士元《听邻家吹笙》），这里用通感描写了诗人寻访吹笙人不得之后的想象，通过花的繁盛烂漫，表现乐声的明丽、热烈和欢快。又如"三更萤火闹，万里天河横"（陈与义《舟抵华容县夜赋》），将属于视觉感受的"萤火"，用"闹"的听觉表现出来，颇具动感。

（13）叠字

叠字即字词的重叠，诗词中恰当地使用叠字，可以表现出整齐的形式美和铿锵的音乐美，能够深化诗的意境，充分表达出作者的思想感情。例如："年年岁岁花相似，岁岁年年人不同。"（刘希夷《白头吟》）又如"山盟虽在，锦书难托。莫，莫，莫"（陆游《钗头凤》），又如"寻寻觅觅，冷冷清清，凄凄惨惨戚戚"（李清照《声声慢》），又如"青青河畔草，郁郁园中柳。盈盈楼上女，皎皎当窗牖。娥娥红粉妆，纤纤出素手"（《古诗十九首之二》）。

炼字炼句与立意

刘勰在《文心雕龙·章句》中说："夫人之立言，因字而生句，积句而成章，积章而成篇。篇之彪炳，章无疵也；章之明靡，句无玷也；句之清英，字不妄也。振本而末从，知一而万毕矣。"这里所说的"字不妄""句无玷"是诗词语言的基本要求，诗词是方寸之内的语言艺术，这就要求对语言进行锤炼锻造，以达到最好的表达效果，并服从于审美和立意的需要。

1. 炼字及作用

所谓炼字，就是为了表达的需要，在用字遣词时进行精细的锤炼推敲和创造性的搭配，使所用的字词获得简练精美、形象生动、含蓄深刻的表达效果。这种对字词进行艺术化加工的方法，就叫作炼字。刘勰在《文心雕龙·练字》中说："心既托声于言，言亦寄形于字。是以缀字属篇，必须拣择。""故善为文者，富于万篇，贫于一字。"这就是说，抒情言志的诗，是靠展布文辞，以语言文字为手段而构建的语言艺术，所以作诗时必须锤炼，选择最自然妥帖的字来创造意境，以增强表达情志的效果，即使万篇中有一字不稳，也不能轻易放过。

历来诗人对炼字炼词都很重视，杜甫《江上值水如海势聊短述》中说："为人性僻耽佳句，语不惊人死不休。"卢延让《苦吟诗》中说："吟安一个字，捻断数茎须。"这些是诗人们苦吟炼字的例子。

对字的拣择过程，实际上也是最普遍最基本的综合性修辞过程，炼一字，可使景物带情，可化虚为实，化静为动，或使对比鲜明，或双关，或渲染，或化直为曲，以少胜多；使得"平字见奇、常字见险、陈字见新、朴字见色"（沈德潜《说诗晬语》），这些经过反复锤炼的字词，往往也是全诗的"诗眼"所在。所谓"诗眼"就是诗歌中最能开拓意旨和表现力最强的关键词句，最为精练传神，最能表现特定的生活情景，能最充分、最真切地表达诗人对这些事物的思想和情感。炼字的作用主要表现在以下几点：

（1）使语言简练、准确

诗是方寸内的功夫，不能有一字不稳，应避免拖沓、重复、含糊、词不达意等问题，力求精准。例如"前村深雪里，昨夜一枝开"。这是唐代诗僧齐己《早梅》中的句子，他的原作是："前村深雪里，昨夜数枝开。"齐己携此诗来拜谒当时的名诗人郑谷，郑谷反复揣摩后对齐己说，其中的"前村深雪里，昨夜数枝开"不准确，因为"数枝非早也，未若一枝佳"，齐己不觉拜倒说："一字师也。"这里的炼字使语意表达更为精准。

（2）使形象生动

炼字不仅使诗句简练准确，也能使诗句更加鲜明生动，更加形象地表达诗意，例如宋词中两个炼字的名句"红杏枝头春意闹"（宋祁《玉楼春·春景》）和"云破月来花弄影"（张先《天仙子》），王国维在《人间词话》中评价说"著一'闹'字境界全出""著一'弄'字而境界全出"。因为通过"闹"字和"弄"字，使得春意和花枝富有了情趣和情态，具有动态摇曳的美感，使人产生美好的联想和想象。

杜甫非常讲求语言的锤炼，所谓"为人性僻耽佳句，语不惊人死不休"，所谓"清诗丽句必为邻"是他终生的追求，他的诗语言生动而形象，有力地表现了诗意和主题。例如《春夜喜雨》中的"随风潜入夜，润物细无声"，一个"潜"字使春雨有了知觉和灵气，表现了雨丝绵绵，悄临人间的特点。又如《旅夜书怀》中的"星垂平野阔，月涌大江流"两句就很见炼字上的功力，"垂"字写出星星遥挂如垂宇，反衬出平野的广阔；"涌"字表现江中月影流动，烘托出大江奔流的气势。

（3）开拓意境

炼字是为表达主题服务的。精练的字句，能使诗的意境得以延伸拓展，增加感人至深的力量，更好地表现诗的主题。

例如刘方平《月夜》："更深月色半人家，北斗阑干南斗斜。今夜偏知春气暖，虫声新透绿窗纱。"后两句是精华所在，其中"透"字是诗眼也是炼字的妙用。"透"字突出了虫声的力度和动态美感，描绘出春天月夜幽寂之中的勃勃生机，使意境向外拓展。又如孟浩然《望洞庭湖赠张丞相》："气蒸云梦泽，波撼岳阳城。""蒸""撼"两个动词用得很精准，表现了洞庭湖壮观、磅礴的气势，使整首诗的精神都为之振奋。

（4）增强抒情效果

精准的炼字能更好地表现诗人的思想和情感，使得情景交融，起到感人至深的艺术效果。

例如"映阶碧草自春色，隔叶黄鹂空好音"（杜甫《蜀相》），这里的"自"和"空"炼字精准，"自"字表现了绿草自生自长，少有游人的荒凉景况；"空"字表现了武侯一生壮志未遂，他所献身的蜀国已被后人遗忘。这两句诗衬托出祠堂的荒凉冷落，抒发诗人感物思人、缅怀敬仰的感慨，同时还含有碧草与黄鹂不解人事变迁和朝代更迭这层深意。这两句"景语含情，情语寓景""情景相融而莫分也"（范晞文《对床夜语》）。

又如王维《送元二使安西》："渭城朝雨浥轻尘，客舍青青柳色新。劝君更尽一杯酒，西出阳关无故人。"第三句的"更"字准确表达了深厚真挚的惜别之情。诗的前两句营造了送别的背景，后两句选取了送别时最感人的镜头，"更尽"说明此时酒已经喝了很多，而送行的人还在劝饮，这是"酒逢知己千杯少"，这临别的最后一杯酒似乎倾注着千言万语，寄托着依依惜别的深情，"更"字可以说是全诗的诗眼。历代曲家为此诗谱曲时，对这两句加倍强调，反复咏叹，如元代的《大石调·阳关三叠》，把"劝君更尽一杯酒"在曲中重复三遍，据说，当笛子吹到最后一叠高音时，"管为之破"。

2. 炼字的方法

（1）锤炼动词

精当地使用动词，可以准确勾勒形象、摹写物态，传情达意。

例如:"穿花蛱蝶深深见,点水蜻蜓款款飞。"(杜甫《曲江》)这里的"穿"字更显出花之繁密,"点"字更显出水之柔,用得传神。

又如"春风又绿江南岸"(王安石《泊船瓜洲》),因对动词"绿"字的精准锤炼,而使此诗名扬天下,成为千古佳句。

(2)锤炼形容词

准确使用形容词能在绘景状物时,化抽象为具体,变无形为有形,使人如闻其声,如见其人,如历其境。其中有些形容词活用为动词。

例如:"知否,知否?应是绿肥红瘦。"(李清照《如梦令》)"绿肥红瘦"炼字精准生动。"绿肥"表现了雨后绿叶光润、肥大,"红瘦"表现了雨后红花受损零落的样子。"肥"和"瘦"字,说明了女词人对雨后花情的深切了解,表现了作者恋花、惜花及对好花不常在的惋惜之情。

又如"冻泉依细石,晴雪落长松"(杜甫《谒真谛寺禅师》),这里的"冻"字,化流动为静谧,雪本寒,而"晴"字化冷色为暖色,点化出一个充满庄严光明,充满动静、冷暖辩证关系的禅意的氛围。

(3)锤炼虚字

虚字和实字相对,指那些没有实在意义,但能起文法作用,传达情感态度的词。虚词的锤炼恰到好处时,可以疏通文气,使情韵生动。罗大经《鹤林玉露》说:"作诗要健字撑拄,活字斡旋。撑拄如屋之有柱,斡旋如车之有轴。"其中的"健字"指实词,"活字"即指虚词。"活字斡旋""如车之有轴"就是强调锤炼虚字的作用。常用虚词有:自、任、仍、初、犹、已、欲、更、且、兼、空、徒、只、颇、浑、唯、独。语气词有:哉、焉等。

例如"江山有巴蜀,栋宇自齐梁"(杜甫《上兜率寺》),"有""自"两个虚字既能表现江山的气势,又寓感怀今古之情。

又如"秋空自明迥,况复远人间。畅以沙际鹤,兼之云外山。澄波澹将夕,清月皓方闲。此夜任孤棹,夷犹殊未还"(王维《泛前陂》),其中的"自、况、复、以、之、将、方、任、殊"是虚字,都恰当地表现了诗的意境和情趣。

（4）锤炼数量词

如前例齐己《早梅》："前村深雪里，昨夜数枝开。"郑谷把其中的"数枝开"改为"一枝开"，齐己因此拜郑谷为"一字师"，这也是对数量词的准确锤炼。

又如"千磨万击还坚劲，任尔东西南北风"（郑燮《竹石》），这里的"千"和"万"形象地表现了无数的磨难和打击，写出了竹子无所畏惧、积极乐观的精神风貌。

（5）使用奇字

在锤炼字句时，还可多加创意，出奇出新，增强表达的效果。例如："吴楚东南坼，乾坤日夜浮。"（杜甫《登岳阳楼》）"坼"本是分裂的意思，这里引申为划分。"夕雨红榴坼"（王维《田家》）、"春雷百卉坼"（孟浩然《李氏园林卧疾》），这里的"坼"都用作花的开放，可谓新颖奇巧。

又如"垂老孤帆色，飘飘犯百蛮"[杜甫《将晓二首（其一）》]，"犯"本是侵犯、冒犯之意，这里含自嘲自怨的意味。

（6）运用重字

恰当使用重字能增强表达的效果，例如杜甫《曲江对酒》："桃花细逐杨花落，黄鸟时兼白鸟飞。"这里的"花""鸟"是用规则的重字重叠，造成一种既对称又流畅婉转的韵味，为后人所模仿。又如黄庭坚《自巴陵略平江临湘入通城无日不雨至黄龙奉谒》："野水自添田水满，晴鸠却唤雨鸠来。"这里的重字"水"和"鸠"也是句中自对的方法。

（7）运用叠字

叠字把相同的两个字相连叠用，摹写情态，传情达意，增强表达效果。如杜甫《宿白沙驿》："随波无限月，的的近南溟。"这里的叠字"的的"强调其为实际存在的地方。又如杜甫《对雨抒怀走邀许主簿》："东岳云峰起，溶溶满太虚。"叠字"溶溶"使得形容词更具动态。再如张若虚《春江花月夜》："人生代代无穷已，江月年年只相似。"叠字"代代""年年"的使用准确地表现了人事代谢和对时空永恒的思考。

3. 炼句的要求和方法

炼句是在炼字的基础上对句子和句式的锤炼，炼句有时和炼字密不可分。炼句要情真意切，不能一味追求技巧、以句害意，炼句与立意相比，后者是主要的。如果诗的内容贫乏，没有真挚深刻的情感和思想，只想靠几句"诗眼"来补救，自然是不行的。炼句还要以自然为上，清人黄子云说："纵极平常浅淡语，以力运之而出，便勃然生动。"而要做到这一点，可以向民间语言学习，吸收生活化的语言。例如《古诗十九首》"质而不鄙、浅而能深"，用简单质朴的语言将诗人内心深处的情感表现得十分到位。炼句常见的有以下几种方法：

（1）锤炼写景句

锤炼写景的诗句，要准确表现景物的特点，使其形象生动，画面精美，诗味浓郁，营造丰富的意境，引人遐想。例如苏轼《惠崇春江晓景二首（其一）》："竹外桃花三两枝，春江水暖鸭先知。蒌蒿满地芦芽短，正是河豚欲上时。"这是一首题画诗，其中"春江水暖鸭先知"，准确抓住和表现了坚冰初融时，鸭群乍入春水的欢畅，把春水乍暖的无形，借助鸭的戏水巧妙地表现了出来，是使全诗生色的名句，表现了春天给大自然带来的蓬勃生机和盎然的情趣。这首题画诗表现出了画外之意，拓展和深化了画境。

（2）锤炼抒情句

锤炼写情的句子，真挚、精练的抒情句具有感人至深的力量。例如李商隐几首《无题》中的"春蚕到死丝方尽，蜡炬成灰泪始干""身无彩凤双飞翼，心有灵犀一点通"，诗人借助于生动的形象，寄托了自己对情感的执着追求，表现了爱情所能达到的深度，堪为抒情名句。又如纳兰性德的诗句"一生一代一双人，争教两处销魂""当时只道是寻常""人生若只如初见"，这些抒情名句表现了深挚凄恻的情感，如平常语无多修饰，却能发自肺腑，感人至深。

（3）炼情景句

单纯的景句或情句并不多，更多的是情景的交融，或是景中寓情，或是情中寓景，或是借景抒情。例如郑思肖《画菊》："宁可枝头抱香死，何曾吹落北风中。"这句借景抒情，托物咏志，表面上是在歌咏菊花，实际上是表现宋亡后志士仁人的民族气节，是激励民族气节、咏歌忠烈精神的千古名句。又如晏几道《临江仙》："落花人独立，微雨燕双飞。"这句情景交融，用燕子双飞，反衬愁人独立，含蓄地表现了绵长的春恨，营造了凄美忧伤的意境。

（4）化用翻新

通过翻新古人的句子，使诗别具新意，别开生面。例如黄庭坚《次韵刘景文登邺王台见思》："君诗如美色，未嫁已倾城。"这里化用汉代李延年《佳人歌》："北方有佳人，绝世而独立。一顾倾人城，再顾倾人国。宁不知倾城与倾国，佳人难再得！"从此，"倾国倾城"就变成了美人的代称。这里用来形容诗人刘景文的诗歌价值和影响，可谓翻新出奇，不但意思深了一层，而且也符合文人的雅趣。

（5）创意出奇句

戴复古《论诗十绝》说："须教自我胸中出，切忌随人脚后行。"炼句贵在独出机杼，创意自出。例如曹松《己亥岁》："凭君莫话封侯事，一将功成万骨枯。"用新奇又具震撼力的想象，从战争的动机、性质、结局得出一个出人意表的结论，似警句一般自出机杼，让人印象深刻并引起深层思索。又如李清照《武陵春》："闻说双溪春尚好，也拟泛轻舟。只恐双溪舴艋舟，载不动许多愁。"将无形的愁写得具体可感，可谓独具匠心，而且打动人心。

4. 炼字、炼句与立意的关系

立意中的"意"指的是诗词的主题。立意也就是如何围绕突出主旨进行艺术构思的过程。古代的诗人们非常重视立意，几乎无一例外地将其放在创作的首位。王夫之《姜斋诗话》中说："无论诗歌与长行文字，俱以意为主。意犹帅也。无帅之兵，谓之乌合。"

诗词立意的要求可以概括为"精、深、新"。"精"是指要求立意单纯、精练，不宜复杂，因为诗词篇幅短小，字数有限，不适宜表现多种复杂的旨意。"深"是指诗词中表达的思想、观念要深刻，情感要深厚。"新"是指诗词立意要创新，要能表现作者独特的观点，对社会生活有新颖的体验和感受。李渔《闲情偶寄》中说："才人撰诗、赋、古文，与佳人所制锦绣花样，无不随时变更。变则新，不变则腐。变则活，不变则板。"写诗不应蹈袭前人，要务去陈言，独辟蹊径，有自己独到的见解。

立意和意境密切相关，意境的营造需要情与景两种要素的有机融合，或触景生情，或融情于景，或情景交融，可以运用现实主义和浪漫主义的表现手法，及多种修辞手法，营造灵动、深远、新奇的意境，使诗产生感人至深的艺术魅力，读来余味不尽。

(1) 力求"语意两工"

写诗首先要强调"立意"，不能只重视语言的锤炼。沈德潜《说诗晬语》说"以意胜而不以字胜"，张表臣《珊瑚钩诗话》说"诗以意为主，又须篇中炼句，句中炼字，乃得工耳，以气韵清高深邈者绝，以格力雅健豪雄者胜""专尚镂镌字句，语虽工，适足彰其小智小慧，终非浩然盛德之君子"。这说明了锤炼字句和立意的关系，在炼字炼句时一定要避免刻意雕琢，不能一味追求技巧而以文害辞。所以古人说"极炼不如不炼"，也就是万不可一味追求句子的精美而忽视了诗歌的立意和主旨。

唐代司空图曾批评唐人贾岛的诗虽偶有佳句，但全篇立意不行，因此算不得好诗："贾浪仙岛时有佳句，视其全篇意思殊馁。"（《与李生论诗书》），这就是因为贾岛太醉心于某些词句的琢雕，反而忽略了全诗的立意和意境的和谐。

同时要注意，一首好诗"意"要好，"语"也要好。写诗当然先要强调"立意"，但同时也要有好的语言。有人认为只要诗的立意好，语言上可以不加修饰，这就忽视了语言的重要作用，吴乔《围炉诗话》中说："有意无词，锦袄子上披蓑衣矣。"说明了形式和内容完美统一的重要。这里说的好的语言，不一定是刻意修饰、精美华丽的语言，而是要与诗词的"意"相协调。一首诗，既有好的立意，又有精准的语言表达这样的立意，才能做到"语意两工"，符合内容与形式的统一以及诗词审美的需要。

(2)炼字、炼句服从于立意

"语意两工"是说炼字、炼句和立意都很重要,但炼句、炼字要服从于立意,即诗的形式要服从于内容的需要,要处理好局部与整体的关系。各种修辞手法的运用与字句的安排,都要紧紧围绕主题,并为表现主题服务。

例如,杜牧《过华清宫》:"长安回望绣成堆,山顶千门次第开。一骑红尘妃子笑,无人知是荔枝来。"华清宫曾是唐玄宗与杨贵妃的游乐之所,据《新唐书·杨贵妃传》记载:"妃嗜荔枝,必欲生致之,乃置骑传送,走数千里,味未变,已至京师。"当时有不少差官累死、驿马倒毙在四川至长安的路上。《过华清宫》选取为贵妃飞骑送荔枝这件事,揭露统治者为满足一己口腹之欲,竟不惜兴师动众,劳民伤财,对唐玄宗与杨贵妃的骄奢淫侈进行了有力的鞭挞。诗的起句描写诗人在长安回首南望华清宫时所见的景色,"回望"一词既是实写,又寓含回顾历史的感慨,承句"千门""次第开"的描写富有画面般的动感,形象地表现了唐玄宗、杨贵妃生活的奢华,并给后文留下悬念。转句描写策马飞奔,千辛万苦赶送鲜荔枝的差官,同贵妃的嫣然一笑进行了绝妙的对比,一个"笑"字形象地表现了主题,结句揭示了谜底,"无人知"更加深了讽刺的深度,可谓画龙点睛之笔。

杜牧这首诗立意精警,表现手法含蓄而深刻,炼字精准,动态描写生动形象,富有画面感,诗中并未直言玄宗的荒淫好色与贵妃的恃宠而骄,而是形象地用"一骑红尘"与"妃子笑"构成鲜明的对比,收到了比直抒己见强烈得多的艺术效果,有力地表现了诗的主题。

又如杜甫《闻官军收河南河北》:"剑外忽传收蓟北,初闻涕泪满衣裳。却看妻子愁何在,漫卷诗书喜欲狂。白日放歌须纵酒,青春作伴好还乡。即从巴峡穿巫峡,便下襄阳向洛阳。"这首诗作于唐代宗广德元年(763年)春,这一年杜甫52岁,宝应元年(762年)冬季,唐军在洛阳附近的衡水打了一个大胜仗,收复了洛阳和郑(今河南郑州)、汴(今河南开封)等州,叛军头领薛嵩、张忠志等纷纷投降,杜甫得知后喜极而泣，不能自抑。本诗的主题是抒写忽闻叛乱已平的捷报，急于奔回老家的喜悦。首联点明题意，"忽传"表现捷报来得太突然，"初闻"紧承"忽传"，"涕泪满衣裳"形象地表现了"初闻"捷报一刹那间的喜极而泣、悲喜交集的真实心情，准确而传神。颔联以转折意承接起句，通过连续的动作和"喜欲狂"的情态，进一步烘托了喜悦之情。颈联紧承上联，从动作和心理活动上，细致地刻画了诗人的狂喜。尾联用流水对，"巴峡"与"巫峡"，"襄阳"与"洛阳"，既是句中自对，又前后对仗，形成工整的地名对，"即从""便下""穿""向"的动态描写，准确地表现了诗人想象中的飞驰还乡。

杜甫这首诗炼字、炼句精准生动，人物心理描写真实传神，语意上层层递进，流水对的使用似一气呵成，从而准确地表现了诗的主题，也表达了诗人真挚的爱国情怀。

诗词的修改

诗不厌改，这里所说诗词的改，是指诗词作者对作品的推敲、润色、修改，力求达到工稳、妥帖。

修改，是诗词创作的重要一环。通过修改主要解决两大问题，一是纠错，纠正错字、错词、失律、失实等情况，确保作品准确无误。二是润色，反复推敲，力求做到主题鲜明、意境优美、语言生动、表现手法新颖，提高作品的感染力和生命力。

好诗不厌改，从古至今诗人们都很注重诗的修改，可以说很多好的诗词不是写出来的而是改出来的。杜甫说："为人性僻耽佳句，语不惊人死不休。"诗人贾岛和韩愈为"鸟宿池边树，僧敲月下门"的"敲"字究竟用"敲"字好还是用"推"字好推敲入迷，这些美谈，古往今来，激励众多诗人潜心修改自己的作品。

纠错是改诗的第一步，是最基本的修改，主要包括检查修正诗词的格律问题和基本语法等。如检查平仄、对仗、押韵等有没有硬伤，检查诗句的语法表达是否通畅，检查诗词有无社会人文等常识性的问题，发现了这些问题及时予以对症修改。这是修改诗词的第一步，这需要诗人熟练掌握格律规则和具有基本的文学素养。

在此基础上还要对诗句反复推敲，炼字炼句。刘勰在《文心雕龙》中说："夫人之立言，因字而生句，集句而成章，集章而成篇。"字、句、章、篇的关系非常密切，对诗句中的某些字词的增补或调换就是炼字炼句，也能体现作者对全篇的整体把握和架构能力。诗词是方寸内的功夫，古今诗人对词句的推敲留下了不少范例。修改的方法主要是诗词作者反复推敲、琢磨诗词语言，这个过程叫作锤炼，就像锻造铁器一样，经过千锤百炼，去掉杂质留下精粹。

诗的篇幅很短，它的语言要求高度概括，特别精练、含蓄，还要准确、形象，具有感染力，因此在语言的锤炼上必须下大力气，在炼字、炼句、立意上下大功夫。要求作者具有对字词精细的推敲和创造性地搭配的能力，用简练的语言表达出深刻的形象和深远的寓意。作者具备了这种功夫，就能使修改后的诗具有简练精美、形象生动、含蓄深刻的美感，有的诗句往往因为一字之异而点石成金、高下立判。

例如王安石的"春风又绿江南岸"中的"绿"字，就是经过反复推敲多次，最后才确定用"绿"字。这个"绿"字被活用作了动词，给人以动态之感，使诗意更加活泼，富有生机。又如苏轼《题西林壁》："横看成岭侧成峰，远近高低各不同。不识庐山真面目，只缘身在此山中。"据《东坡志林》记载，这首诗的第二句原为"到处看山了不同"，后来他换了五个字。因为"到处看山"不但与第一句重复，而且显得很平淡，改成"远近高低"，不但与第一句衔接得很紧凑，内容也有新意，显示了群山的不同视角和形状，富含哲理引人深思。

炼字、炼句要服从于立意，即为了提高诗的思想性，创造更高更美的意境。

在此基础上，修改诗词还有更高的要求，需要作者整体考量作品的构思、立意主旨、整体架构，做出巧妙和别出心裁的修改。例如在抗日战争期间,著名剧作家于伶37岁生日,当时在重庆的朋友为了给他贺寿,独出心裁地联句成一首贺寿诗送给他:"长夜行人三十七,如花溅泪几吞声。杏花春雨江南日,英烈传奇写大明。"这首贺寿诗,涵盖了于伶的主要剧作:《长夜行》《杏花春雨江南》《大明英烈传》《花溅泪》等。后来,郭沫若看了这首诗,认为联句巧妙,诗味也浓,但总感到格调有些低沉,于是就提笔重新改写了一首诗为于伶贺寿:"大明英烈见传奇,长夜行人路不迷!江南春雨三七度,如花溅泪发新枝。"这首诗同样是用于伶的剧名联句,但显然比前诗意蕴深远,诗调高昂,有催人奋进的作用。特别是用"路不迷""发新枝"的诗句寄托了他对于伶的殷切希望和深情厚谊。

诗词的新意和时代精神

清代赵翼《论诗五首》中说:"满眼生机转化钧,天工人巧日争新。预支五百年新意,到了千年又觉陈。""李杜诗篇万口传,至今已觉不新鲜。江山代有才人出,各领风骚数百年。"清代李渔《闲情偶寄》中说:"才人撰诗、赋、古文,与佳人所制锦绣花样,无不随时变更。变则新,不变则腐。变则活,不变则板。"这说明了写诗不应蹈袭前人,要务去陈言,独辟蹊径,有自己独到的立意和思想。

臧克家在《臧克家旧体诗稿·跋》中说:"我写旧体诗是为了追求'三新'即思想新、感情新、语言新……如果旧体诗与时代精神脱节,与人民生活无涉,只能略备一格。"可见这里的新意和时代精神紧密相关。

1. 诗词的新意

诗词的语言要有新意。创作最重要的是语言,诗词是以古代语言即文言为基本语言材料的,古代的诗人生活在农耕文明社会里,和大自然密切接触,自然界的山川草木、风云雷电,都构成了古代诗人的语言素材,几千年的诗词作品,已经积累了无数丰富、凝练、优美的诗词语言,这构成了我们创作诗词的语言仓库。恰当使用文言词,能使诗词具有典雅、含蓄、精练、表现力强的特点,但如果完全采用古代词语,就不能适应表现现代生活的需要。今人写作诗词，应当贴近生活，富有时代特征，反映当下，"接地气"，诗词语言才会有生命力。

因此，一方面要善于吸收古代文言中富有生命力的语言，并对其语词意象加以创新改造，形成符合现代生活的新语汇；另一方面还要善于从现代汉语包括口语中提炼出精美的诗词语言，形成源于新生活、贴近新生活的全新意象。

毛泽东诗词是语言艺术创新的典范，诗人生活在无产阶级革命的伟大时代，风云变幻的斗争生活决定了诗人刚劲质朴的语言风格。他的诗词基本都是现实生活及思想感情的写照，具有鲜明的时代感，他善于将耳熟能详的古语或是平白如话的口语，加以创造性改造，锤炼为精美鲜活的诗词语言，赋予作品全新的风貌。例如《卜算子·咏梅》："风雨送春归，飞雪迎春到。已是悬崖百丈冰，犹有花枝俏。俏也不争春，只把春来报。待到山花烂漫时，她在丛中笑。"这首咏梅词是反陆游同名作品之意而作之，语言看似明白如话，却经过了提炼和凝缩，将表现梅花这一传统意象的词语加以改造，如"俏""不争春""烂漫""笑"，这些生动而又富有鲜活新意的词语，赋予了梅花在新时代中全新的精神面貌，体现了革命乐观主义精神，以及无产阶级革命家引领人民群众勇于斗争、夺取胜利的革命信念。

鲁迅的旧体诗也体现了他在语言创新上的成就，例如："灵台无计逃神矢，风雨如磐暗故园。寄意寒星荃不察，我以我血荐轩辕。"（《自题小像》）"运交华盖欲何求？未敢翻身已碰头。破帽遮颜过闹市，漏船载酒泛中流。横眉冷对千夫指，俯首甘为孺子牛。躲进小楼成一统，管他冬夏与春秋。"（《自嘲》）这些诗里融汇了古典词语、通俗口语甚至宗教用语，而又能注入新意，融合成新意象，准确而生动地反映了诗人在当时的历史形势下，内心的情感和精神世界，从中也可看出作者驾驭语言的高超本领。

老一辈诗人如郁达夫、田汉、陈寅恪、郭沫若及聂绀弩、霍松林等，都在诗词的语言创新上做了不少有益的尝试，有不少各具语言特点的诗词佳作，创作出全新的诗美意境。

诗词的表现手法和角度也要新颖，要不落俗套，别出心裁。从不同的艺术角度去表现事物，是诗词能打动读者的一个很重要的因素。薛雪《一瓢诗话》中说："诗有从题中写出，有从题外写入；有从虚处实写，实处虚写；有从此写彼，有从彼写此；有从题前摇曳而来，有从题后迤逦而去，风云变幻，不一其态。"即指要用各种表现手法表现诗意，以显出新意，呈现摇曳多姿的魅力。例如，别人从正面写，你可以从反面或侧面去写；别人实写，你可以虚写；别人歌颂，你可以讽刺；别人从大处着手，你可以从小处着眼。这样翻出新意，方显出诗词的魅力。

诗词的表现手法新颖，包括对多种传统表现手法的新用，现实主义和浪漫主义的有机结合，也可以借鉴外国优秀诗歌和"五四"以来新诗的表现手法，如将哲学、科学等与人文相融合，还可以尝试用蒙太奇、意识流的表现方法。

2. 时代精神

时代精神，指的是体现在社会精神中的一定历史时代的客观本质及其发展趋势的精神。"文章合为时而著，歌诗合为事而作。"这是对文人富于历史使命感的呼唤。作为一种重要文学样式的诗词理应反映时代精神。

中国古代有着"诗品出于人品"的文学观念，所谓"文如其人""言为心声"。要求将诗品与人品相联系，强调"有第一等襟抱，第一等学识，才有第一等真诗"。

古代诗人们将修身立德视为内在修养的自觉追求，"诗者，志之所之也。在心为志，发言为诗"。诗词往往是他们情怀的集中写照。

历代优秀的诗词作品无不闪耀着高尚人格的光辉，体现了诗人们对自身人格修养的提升和砥砺，屈原的"虽九死，其犹未悔"，是坚持理想的苦苦求索；陶渊明的"采菊东篱下，悠然见南山"，是归耕田园，不为五斗米折腰的气节；杜甫的"安得广厦千万间，大庇天下寒士俱欢颜"，是心系百姓的慨叹；陆游的"王师北定中原日，家祭无忘告乃翁"，是临终之时仍不忘毕生恢复中原的壮志；文天祥的"人生自古谁无死，留取丹心照汗青",是舍生取义的民族气节。深蕴在这些作品中的是善待自然、忠于本心、坚守气节、关心民生、报效祖国等优秀品质,这构成了中国人的情感取向、人生观和价值观,是诗词中应该传承和发扬光大的民族精神。

儒家、道家和佛家是我国文化史上三种重要的思想资源与思想传统,中华诗词中凝缩着传统儒、释、道思想的精华。如杜甫的作品中渗透着儒家"仁爱""贵民""仁政"的思想,他的诗如时代的一面镜子,素有"诗史"的美誉,诗中揭露了残酷黑暗的社会现实,寄托着实施仁政、国泰民安的社会理想,表现了忧国忧民的爱国赤诚;诗仙李白的诗清新飘逸,想象丰富,意境奇妙,自带灵气和仙气,体现了道家"天地大美"的境界,深刻着道家思想的印记;有"诗佛"之称的王维其诗风格清新淡远、自然脱俗,他的山水田园诗"诗中有画,画中有诗",不专门讲佛理或大量运用佛教术语典故,而是在渗透禅宗思想的影响下,在"诗中有禅"的意境中阐述禅机的理趣;一代文豪苏东坡的诗词、文赋、书画,融汇着儒、释、道的思想,儒家积极"入世"、道家"忘世"、佛家"出世"的思想,杂糅在苏东坡的作品中,形成了"外儒内禅"的人生观和鲜明的艺术特点。

儒、释、道三家哲学的优秀思想传统应该弘扬,挖掘、阐释三家哲学的正确思想观念,共同构筑当代的文化精神。例如,儒家哲学中的人本、民本、刚健、自强、革新、仁义、爱众、人和、以和为贵等;道家的自然、无为、天人合一、性命双修等;佛家的因果、平等、慈悲、容忍、圆融、解脱等。儒、释、道思想的精华,可以启迪人们观照当下社会生活,提升人生智慧,具有鲜明的时代意义。

体现时代精神意味着诗人们对时代的关注,对现实生活的关切,对社会进步的责任和使命感。源自近代传统的爱国主义、民族主义、科学精神、民主精神、自由精神、忧患意识等,都反映了新时代的文化精神,以及标志时代大潮和发展趋向的改革开放意识、竞争意识、创新意识、公平正义等,共同构筑了时代精神。

当前时代,世界多极化,经济全球化,科技飞跃发展,新事物不断涌现。诗词创作应以弘扬优秀民族传统，反映时代精神为宗旨，诗人应该自觉与时代同步，深入生活，坚持"笔写心声""感时忧国"的人文情怀，紧紧把握时代脉搏，观照人民的生活、命运、情感，抒写心愿、心声，与时代同呼吸，与人民共命运。

诗人还应保持自由、独立的人格精神，不断提升自身的人格和思想修养，做时代风气的先知者、先行者，使自己的作品能深刻反映现实生活，反映真实的喜怒哀乐，并能从精神上启迪人、激励人，这是新时代诗人义不容辞的责任。

诗人应有敏锐的感触和视角，善于从具体的生活经验中提炼真、善、美，能对所处的时代有深刻的洞察力，对社会生活有深刻的体悟，并不断审视自己的内心和精神世界，创作出抒发时代心声、反映时代气象、凝铸时代精神的佳作。

附录一：佩文诗韵简编

（据《佩文诗韵》摘编）

上平声

【上平一东】东同童僮铜桐峒筒瞳中［中间］衷忠盅虫冲终忡崇嵩［崧］菘戎绒弓躬宫穹融雄熊穷冯风枫疯丰充隆窿空公功工攻蒙濛朦瞢笼胧栊咙聋珑砻泷蓬篷洪荭红虹鸿丛翁嗡匆葱聪骢通棕烘崆

【上平二冬】冬咚彤农侬宗淙锺钟龙茏舂松淞冲容榕蓉溶庸佣慵封胸凶匈汹雍邕痈浓脓重［重复］从［服从］逢缝峰锋丰蜂烽葑纵［纵横］踪茸蛩邛笻跫供［供给］蚣喁

【上平三江】江缸窗邦降［降伏］双泷庞撞豇扛杠腔梆桩幢控［冬韵同］

【上平四支】支枝肢移为［施为］垂吹陂碑奇宜仪皮儿离施知驰池规危夷师姿迟龟眉悲之芝时诗棋旗辞词期祠基疑姬丝司葵医帷思［思念］滋持随痴维卮糜靡麾墀弥慈遗肌脂雌披嬉尸狸炊湄篱兹差［参差］疲茨卑亏骐骑［跨马］歧岐谁斯澌私窥熙欺疵赀羁彝髭颐资糜饥衰锥姨夔祗涯［佳、麻韵同］伊追菑缁其箕椎罴篾萎匙坻嶷治［治国］骊綦怡尼漪牺饴而鸱推［灰韵同］匙陲魑锤缡璃骊赢陂縻薛脾芪畸牺羲曦歆漪猗崎崖菱

筛狮蛳鸥绥虽粢瓷椎饴嫠痍惟唯机耆迻屵丕毗枇貔楣霉辎茧喑嫢颹坻莳鲥
鹚笞漓怡贻禧噫其琪祺麒嶷螭栀鹂累跐琵祁骐訾咨睢馗胝鳍蛇〔委蛇〕錍
淇丽〔地名〕斯氏〔月氏〕僖嘻琦怩熹孜罹磁痿隋透郦嵋帷掎〔音漪，
木名〕

【上平五微】微薇晖辉徽挥韦围帏违闱霏菲〔芳菲〕妃飞非扉肥威祈
畿机几〔微也、如见几〕讥玑稀希衣〔衣服〕依归饥〔支韵同〕矶欷诽
绯晞葳巍沂圻顾

【上平六鱼】鱼渔初书舒居裾琚车〔麻韵同〕渠蕖余予〔我也〕誉
〔动词〕与胥狙锄疏蔬梳虚嘘墟徐猪间庐驴诸储除滁蛆如畲淤纡苴葅沮狙
龉茹榈於祛蕖疽蛆醵纾樗踃〔药韵同〕欤据〔拮据〕

【上平七虞】虞愚娱隅无芜巫于衢癯瞿氍儒襦濡须需朱珠株诛铢铢
殊俞瑜榆愉逾渝谀腴区躯驱岖趋扶符凫芙雏敷麸夫肤纡输枢厨俱驹模谟
摹蒲逋胡湖瑚乎壶狐弧孤辜姑觚菰徒途涂荼图屠奴吾梧吴租卢鲈炉芦颅垆
蚨孥帑苏酥乌污〔污秽〕枯粗都荼侏姝禺拘嵎跦桴臾萸吁滹瓠糊醐呼沽
酤泸舻轳鸬驽匍葡铺〔铺盖〕菟诬呜迂盂竽趺毋孺酴鹕骷刳蛄晡蒱胡呱蝴
訽姐猢鄠孚

【上平八齐】齐黎犁梨妻〔夫妻〕萋凄堤低题提蹄啼鸡稽兮倪霓西栖
犀嘶撕梯鼙赍迷泥溪蹊圭闺携睽嵇跻奚脐醯鹥鼚醍鹈奎批砒睽荑篦斋藜猊
蜺鲵羝

【上平九佳】佳街鞋牌柴钗差〔差使〕崖涯〔支麻韵同〕偕阶皆谐骸
排乖怀淮豺俳埋霾斋槐〔灰韵同〕睚崽楷秸揩挨俳

【上平十灰】灰恢魁隈回徊槐〔佳韵同〕梅枚玫媒煤雷颓崔催摧堆陪
杯醅嵬推〔支韵同〕诙裴培盃偎煨瑰茴追胚徘坯桅傀傀〔贿韵同〕莓开哀
埃台苔抬该才材财裁栽哉来莱灾猜孩倈骀胎唉垓挨皑呆腮

【上平十一真】真因茵辛新薪晨辰臣人仁神亲申身宾滨槟缤邻鳞麟珍
瞋尘陈春津秦频蘋颦濒银垠筠巾民岷泯〔轸韵同〕珉贫纯淳醇纯唇伦轮沦
抡匀旬巡驯钧均榛莘遵循甄宸纶椿鹑屯呻粼辚磷呻伸绅寅姻荀询岣氤恂
嫔彬皴娠闽纫湮肫逡菌豳

【上平十二文】文闻纹蚊云分［分离］氛纷芬焚坟群裙君军勤斤筋勋薰曛醺芸耘芹欣氲荤汶汾殷雯贲纭昕熏

【上平十三元】元原源沅鼋园袁猿垣烦蕃樊喧萱暄冤言轩藩媛援辕番繁翻幡璠鸳鹓蜿湲爰掀燔圈谖魂浑温孙门尊［樽］存敦墩炖暾蹲豚村屯囤［囤积］盆奔论［动词］昏痕根恩吞荪扪昆鲲坤仑婚阍髡馄噌猢饨臀跟瘟飧

【上平十四寒】寒韩翰［翰韵同］丹单安鞍难［艰难］餐檀坛滩弹残干肝竿阑栏澜兰看［翰韵同］刊丸完桓纨端湍酸团攒官观［观看］鸾銮峦冠［衣冠］欢宽盘蟠漫［大水貌］叹［翰韵同］邯郸摊玕拦珊狻鼾杆跚姗殚箪瘅谰貛倌棺剜潘拚［问韵同］槃般瞒癍磐瞒谩馒鳗钻拶邗汗［可汗］

【上平十五删】删潸关弯湾还环镮寰班斑蛮颜奸攀顽山闲艰间［中间］悭患［谏韵同］孱潺擐菅般［寒韵同］颁鬟疝讪斓娴鹇鳏殷［赤黑色］纶［纶巾］

下平声

【下平一先】先前千阡笺天坚肩贤弦烟燕［地名］莲怜连田填巅譞宣年颠牵妍研［研究］眠渊涓捐娟边编悬泉迁仙鲜［新鲜］钱煎然延筵毡旃蝉缠廛联篇偏绵全镌穿川缘鸢旋船涎鞭专圆员乾［乾坤］虔愆权拳椽传焉嫣鞯骞铅舷趼鹃筌痊诠悛先遄禅婵躔颛燃涟琏便［安也］翩骈癫阗钿［霰韵同］沿蜒胭芊鳊朎滇佃畋咽湮獧躅鹣骞膻扇棉拴荃粯砖挛偃璇卷［曲也］扁［扁舟］单［单于］溅［溅溅］犍

【下平二萧】萧萧挑貂刁凋雕迢条髫调［调和］蜩枭浇聊辽嘹撩寮僚尧宵消霄绡销超朝潮嚣骄娇蕉焦椒饶硝烧［焚烧］遥徭摇谣瑶韶昭招镳瓢苗猫腰桥乔娆妖飘逍潇鸮骁桃鹩鹪缭獠嘹夭［夭夭］幺邀要［要求］姚樵谯憔标飚嫖漂［漂浮］剽佻韶苕嚣晓跷侥峣描钊诏桡铫鷞翘桙侨窑礁

【下平三肴】肴巢交郊茅嘲钞包胶苞梢姣庖匏坳敲胞抛蛟鸹鞘抄敖

咆哮凹淆教［使也］跑艄捎爻咬铙茭炮［炮制］泡鲛刨抓

【下平四豪】豪劳毫操［操持］氂绦刀萄猱褒桃糟旄袍挠［巧韵同］蒿涛皋号［号呼］陶鳌曹遭羔糕高搔毛艘滔骚韬缫膏牢醪逃濠壕饕洮淘叨嗥篙熬遨翱敖臊嘈尻麀螯獒牦漕嘈槽掏唠涝捞痨芼

【下平五歌】歌多罗河戈阿和［和平］波科柯陀娥蛾鹅萝荷［荷花］何过［经过］磨［琢磨］螺禾珂蓑婆坡呵哥轲沱鼍拖驼跎佗［他］颇［偏颇］峨俄摩么娑莎迦疴苛蹉嵯驮箩逻锣哪挪锅诃窠蜾髁倭涡窝讹陂鄱皤魔梭唆骡挼瘸搓哦瘥酡

【下平六麻】麻花霞家茶华沙车［鱼韵同］牙蛇瓜斜邪芽嘉瑕纱鸦遮叉奢涯［支佳韵同］巴耶嗟迦笳赊楂差［差错］蟆骅虾葭袈裟砂衙呀琶耙芭杷笆疤爬葩些［少也］佘鲨查楂渣爹挝咤拿椰珈跏枷痂茄桠丫划哗夸胯抓洼呱

【下平七阳】阳杨扬香乡光昌堂章张王房芳长塘妆常凉霜藏场央泱鸯秧嫱床方浆觞梁娘庄黄仓皇装殇襄骧相湘箱缃创忘芒望尝偿樯枪坊囊郎唐狂强肠康冈苍匡荒遑行妨棠翔良航倡伥羌庆姜僵缰疆粮穰将墙桑刚祥详洋徉佯粱量羊伤汤鲂樟彰漳璋猖商防筐煌隍凰蝗惶璜廊浪当裆珰沧纲亢吭潢钢丧盲簧忙茫傍汪臧琅当庠裳昂障糖疡锵杭邙赃滂禳攮抢螳跟眶炀闾彭蒋亡殃蔷镶孀搪彷胱磅螃

【下平八庚】庚更［更改］羹盲横［纵横］觥彭亨英烹平枰京惊荆明盟鸣荣莹兵兄卿生甥笙牲擎鲸迎行［行走］衡耕萌薨宏闳茎罂莺樱泓橙争筝清情晴精睛菁晶旌盈楹瀛嬴营婴缨贞成盛［盛器］城诚呈程酲声征正［正月］轻名令［使令］并［并州］倾萦琼峥嵘撑粳坑铿璎鹦黥蘅澎膨棚浜坪苹钲伧檠嘤轰铮狰宁狞瞠绷怦璎砰珉鲭侦柽蛏赪荣赓簧瞠

【下平九青】青经泾形陉亭庭廷霆蜓停丁仃馨星腥醒［醉醒］惺俜灵龄玲铃伶零聆［径韵同］冥溟铭瓶屏萍荧萤荥扃蜻硎苓聍翎娉婷宁瞑暝螟猩钉疔叮厅町泠棂囹羚蛉咛型邢

【下平十蒸】蒸丞承丞惩澄陵凌绫菱冰膺鹰应［应当］蝇绳升缯凭乘［驾乘，动词］胜［胜任］兴［兴起］仍兢矜征［征求］称［称赞］登灯

160

僧憎增曾矰层能朋鹏肱薨腾藤恒罾崩滕誊崚嶒姮塍冯症簦薴凝［径韵同］棱楞

【下平十一尤】尤邮优犹流旒留骝榴刘由油游猷悠攸牛修羞秋周州洲舟酬雠柔俦畴筹稠丘邱抽瘳道收鸠搜驺愁休囚求裘仇浮谋牟眸侔矛侯喉猴讴鸥楼陬偷头投钩沟幽纠啾楸蚯踌绸惆勾娄琉疣犹邹兜呦呕貅球蜉蝣辀畴阄瘤硫浏庥湫泅酋瓯啁飕鍪篌抠篘诌骰偻沤［水泡，名词］蝼髅搂欧彪掊虬揉蹂抔不［与有韵否通］瓿缪［绸缪］

【下平十二侵】侵寻浔临林霖针箴斟沈心琴禽擒衾钦吟今襟［衿］金音阴岑簪［覃韵同］壬任［负荷］歆森禁［力所胜任］禒暗琛淰骎参［参差］忱淋妊掺参［人参］椹郴芩檎琳蟫愔喑黔嵌

【下平十三覃】覃潭参［参考］骖南楠男谙庵含涵函［信函］岚蚕探贪耽眈龛堪谈甘三酣柑惭蓝担簪［侵韵同］谭昙坛婪戡颔痰篮褴蚶憨泔聃邯蟫［侵韵同］

【下平十四盐】盐檐廉帘嫌严占［占卜］髯谦佥纤签瞻蟾炎添兼缣沾尖潜阎镰黏淹钳甜恬拈砭詹兼歼黔钤佥觇崦渐鹣腌襜阉

【下平十五咸】咸函［书函］缄岩馋衔帆衫杉监［监察］凡馋芟挦喃嵌掺巉

上　　声

【上声一董】董懂动孔总笼［东韵同］拢桶捅蓊蠓汞

【上声二肿】肿种［种子］踵宠垅［陇］拥冗重［轻重］冢捧勇甬踊涌俑蛹恐拱竦悚耸巩怂奉

【上声三讲】讲港棒蚌项耩

【上声四纸】纸只咫是靡彼毁委诡髓累技绮觜此泚蕊徙尔弭婢侈弛豕紫旨指视美否［否泰］痞兕几姊比水轨止徵市喜已纪跪妓蚁鄙剞子仔梓矢雉死履垒癸趾址以已似耜祀史驶耳使［使令］里理李起杞玘跂士仕俟始齿矣耻麂枳峙鲤迩氏玺巳［辰巳］滓苡倚匕迤逦旎舣蚍秕芷拟你企诔揣㨘

棰揣豸祉恀

【上声五尾】尾苇鬼岂卉几［几多］伟斐菲［菲薄］匪篚娓悱榧韪炜虺玮虮

【上声六语】语［语言］圉圄吕侣旅杼仵与［给予］予［赐予］渚煮暑鼠汝茹［食也］黍杵处［居住、处理］贮女许拒炬距所楚础阻俎沮叙绪序屿墅巨去［除也］苣举讵淑浒钜醑咀诅苎抒楮

【上声七麌】麌雨宇舞府鼓虎古股贾［商贾］估土吐圃庾户树［种植，动词］煦诩努辅组乳弩补鲁橹睹腐数［动词］簿竖普侮斧聚午伍釜缕部柱矩武五苦取抚浦主杜坞祖愈堵扈父甫禹羽怒［遇韵同］腑拊俯罟赌卤姥鹉拄莽［养韵同］栩窭脯妩虎否［是否］麈褛篓偻酤牡谱怙肚踽虏孥诂瞽殳祜沪雇仵缶母某亩蛊琥

【上声八荠】荠礼体米启陛洗邸底抵弟坻柢涕悌济［水名］澧醴诋眯娣桨递昵睨蠡

【上声九蟹】蟹解洒楷［佳韵同］拐矮摆买骇

【上声十贿】贿悔罪馁每块汇猥璀磊蕾傀傥腿海改采彩在宰醢铠恺待殆怠乃载［岁也］凯闿倍蓓迨亥

【上声十一轸】轸敏允引尹尽忍准隼笋盾［阮韵同］闵悯菌［真韵同］蚓牝殒紧蠢陨哂诊疹赈肾屡胗黾泯窘吮缜

【上声十二吻】吻粉蕴愤隐谨近忿扢刎揾槿瑾恽韫

【上声十三阮】阮远［远近］晚苑返反饭［动词］偃蹇琬沅宛畹菀蜿绻巘挽堰混棍阃悃衮滚鲧稳本畚笨损忖囤遁很沌恳垦龈

【上声十四旱】旱暖管琯满短馆［翰韵同］缓盥［翰韵同］碗懒伞伴卵散［散布］伴诞罕瀚［浣］断［断绝］侃算［动词］款但坦袒纂毁拌懑谰莞

【上声十五潸】潸眼简版板阪盏产限绾柬拣撰馔赧皖汕铲羼见楝栈

【上声十六铣】铣善［善恶］遣［遣送］浅典转［霰韵同］衍犬选冕辇免展茧辨篆勉剪卷显钱［霰韵同］践喘藓软蹇［阮韵同］演充件腆跣缅缱鲜［少也］殄扁匾蚬岘畎燹隽键变泫癣阐颤膳鳝舛婉辗邅［先韵同］脔

辩捻

【上声十七筱】筱小表鸟了［末了，了得］晓少［多少］扰绕绍杪沼眇矫皎杳窈窕褭挑［挑拨］掉［啸韵同］肇缥纱渺淼茑赵兆缴缭［萧韵同］夭［夭折］悄韶侥蓼娆硗剿晁藐秒殍了［了结］

【上声十八巧】巧饱卯狡爪鲍挠［豪韵同］搅绞拗咬炒吵佼姣［肴韵同］昴茆獠［萧韵同］

【上声十九皓】皓宝藻早枣老好［好丑］道稻造［造作］脑恼岛倒［跌倒］祷［号韵同］捣抱讨考燥扫［号韵同］嫂保鸨稿草昊浩镐杲缟槁堡皂璅媪燠袄懊葆裸芼澡套涝蚤拷栲

【上声二十哿】哿火舸嚲舵我拖娜荷［负荷］可左果裹朵锁琐堕惰妥坐［坐立］裸跛颇［稍也］夥颗祸柁婀逻卵那坷爹［麻韵同］簸叵垛哆砢么［歌韵同］峨［歌韵同］

【上声二十一马】马下［上下］者野雅瓦寡社写泻夏［华夏］也把厦惹冶贾［姓贾］假［真假］且玛姐舍喏赭洒踞剐打耍那

【上声二十二养】养痒象像橡仰朗桨奖蒋敞氅厂枉往颡强［勉强］惘两曩丈杖仗［漾韵同］响掌党想鲞榜爽广享向饷幌莽纺长［长幼］网荡上［上升］壤赏仿罔谠傥魍魉谎蟒溔嗓盎恍脏［肮脏］吭沆慷襁镪抢肮犷

【上声二十三梗】梗影景井岭领境警请饼永骋逞颖颍顷整静省幸颈郢猛丙炳杏秉耿矿冷靖哽绠莕艋蜢皿儆悻婧阱狰［庚韵同］靓悻打瘿并［合并］犷瞥憬鲠

【上声二十四迥】迥炯茗挺艇梃醒［青韵同］酩酊并［并行，并且］等鼎顶肯拯罄到溟

【上声二十五有】有酒首口母［麌韵同］妇［麌韵同］後柳友斗狗久负［麌韵同］厚手叟守否［麌韵同］右受牖偶走阜［麌韵同］九后咎薮吼帚垢舅纽藕朽臼肘韭亩［麌韵同］剖诱牡［麌韵同］缶酉苟丑糗扣叩某莠寿绶玖授蹂［尤韵同］揉［尤韵同］溲纣钮扭呕殴纠耦掊瓿拇姆擞绺抖陡蚪篓懃赳取［麌韵同］

【上声二十六寝】寝饮［饮食］锦品枕［枕衾］审甚［沁韵同］廪衽

稔凛懔沈［姓氏］朕荏婶沈［沈阳］葚禀噤谂怎恁饪覃

【上声二十七感】感览揽胆澹［淡，勘韵同］啖坎惨敢颔［覃韵同］撼毯糁湛菡萏罱欿喊嵌［咸韵同］橄榄

【上声二十八俭】俭焰敛［艳韵同］险检脸染掩点簟贬冉苒陕谄俨闪剡忝［艳韵同］琰奄歉芡崭埝渐［盐韵同］罨捡弇俺玷

【上声二十九豏】豏槛范减舰犯湛巉［咸韵同］斩黯范

去　声

【去声一送】送梦凤洞众瓮贡弄冻痛栋恸仲中［击中］粽讽空［空缺］控哄贛

【去声二宋】宋用颂诵统纵［放纵］讼种［种植］综俸供［供设，名词］从［仆从］缝［隙也］重［再也］共

【去声三绛】绛降［升降］巷撞［江韵同］戆

【去声四寘】寘置事地意志思［名词］泪吏赐自字义利器位戏至次累［连累］伪寺瑞智记异致备肆翠骑［车骑，名词］使［使者］试类弃饵媚鼻易［容易］瞥坠醉议翅避笥帜炽粹莳谊帅厕寄睡忌贰萃穗二臂嗣吹［鼓吹，名词］遂恣四骥季刺驷寐魅积［积蓄］被懿觊冀愧匮恚馈赍柜暨庇庋莉腻秘比［近也］鸷悸喑示嗜饲伺遗［馈遗］薏祟值惴屣眦罾企渍譬跂挚燧隧悴屎稚雉莅悸肄泌识［记也］侍踬为［因为］

【去声五未】未味气贵费沸尉畏慰蔚魏纬胃汇［字汇］谓渭卉［尾韵同］讳毅既衣［着衣，动词］蝟溉［队韵同］翡诽

【去声六御】御处［处所］去虑誉［名词］署据驭曙助絮著［显著］箸豫恕与［参与］遽疏［书疏］庶预语［告也］踞倨蓣淤锯觑狙［鱼韵同］薯薯

【去声七遇】遇路辂赂露鹭树［树木］度［制度］渡赋布步固素具务雾骛数［数量］怒［麌韵同］附兔故顾句墓慕暮募注住注驻祚裕误悟痼戍库护屦诉妒惧趣娶铸绔傅付谕喻妪芋捕哺互孺寓赴洿吐［麌韵同］污

［动词］恶［憎恶］晤煦酤讣仆［偃仆］赙驸婺锢蚷飓怖铺［店铺］塑愫蠹溯镀璐雇瓠迕妇负阜副富［宥韵同］醋措

【去声八霁】霁制计势世丽岁济［渡也］第艺惠慧币弟滞际涕［荠韵同］厉契［契约］敝弊毙帝蔽髻锐戾裔袂系祭卫隶闭逝缀翳替细桂税婿例誓筮蕙诣砺励瘱噬继脆睿毳曳蒂睇妻［以女妻人］递逮蓟蚋薛荔唳捩砺泥［拘泥］媲壁彗睥睨剂嚏谛缔剃屉悌俪锲贳掣羿棣螮蒂娣说［游说］赘憩鳜鳃吃谜挤

【去声九泰】泰太带外盖大［个韵同］濑赖籁蔡害蔼艾丐奈柰汰癞霭会旆最贝沛霈绘脍荟狈侩桧蜕酹外兑

【去声十卦】卦挂画［图画］懈廨邂隘卖派债怪坏诫戒界介芥械薤拜快迈败稗晒潎湃寨疥届薊簧喷聩块愅

【去声十一队】队内辈佩退碎背耖对废悔海晦昧配妹喙溃吠肺耒块碓刈悖焙淬敦［敦实］塞［边塞］爱代载［载运］态菜碍戴贷黛概岱溉慨耐在［所在］霶玳再袋逮埭赉赛忾暧咳嗳眯

【去声十二震】震信印进润阵镇刃顺慎鬓晋骏闰峻衅振俊舜赆吝烬讯仞迅汛趁衬仅觐蔺浚赈［轸韵同］龀认殡摈缙躏廑谆瞬韧浚殉馑

【去声十三问】问闻［名誉］运晕韵训粪忿［吻韵同］酝郡分［名分］紊愠近［动词］扰拚奋郓捃靳

【去声十四愿】愿怨万饭［名词］献健建宪劝蔓券远［动词］仮健贩畈曼挽［挽联］瑗媛圈［猪圈］论［名词］恨寸困顿遁［阮韵同］钝闷逊嫩溷诨巽褪喷［元韵同］艮揾

【去声十五翰】翰［寒韵同］瀚岸汉难［灾难］断［决断］乱叹［寒韵同］观［楼观］干［树干，干练］散［解散］旦算［名词］玩烂贯半案按炭汗赞漫［寒韵同。又副词，独用］冠［冠军］灌爨窜幔粲灿璨换焕唤涣悍弹［名词］惮段看［寒韵同］判叛绊鹳伴畔锻腕惋馆盱捍疸但罐盥婉缎缦侃蒜钻斓

【去声十六谏】谏雁患涧间［间隔］宦晏慢盼篆栈［潸韵同］惯串绽幻瓣苋办谩讪［删韵同］铲绾孪篡裥扮

【去声十七霰】霰殿面县变箭战扇煽膳传［传记］见砚院练链燕宴贱馔荐绢彦椽便［便利］眷倦羡奠遍恋啭眩钏倩卞汴片禅［封禅］谴溅饯善［动词］转［以力转动］卷［书卷］甸电咽茜单念［念书］眄淀靛佃钿［先韵同］镟漩栋缮现狷炫绚绽线煎选旋颤擅缘［衣饰］撰唁谚媛忭弁援研［磨研］

【去声十八啸】啸笑照庙窍妙诏召邵要［重要］曜耀调［音调］钓吊叫眺少［老少］诮料疗潦掉［筱韵同］峤徼跳曒漂镣廖尿肖鞘悄［筱韵同］峭哨俏醮燎［筱韵同］鹞鹨轿骠票铫［萧韵同］

【去声十九效】效教［教训］貌校孝闹豹罩棹觉［寤也］较窖爆炮［枪炮］泡［肴韵同］刨［肴韵同］稍钞［肴韵同］拗敲［肴韵同］淖

【去声二十号】号［号令］帽报导操［操行］盗噪灶奥告［告诉］诰到蹈傲暴［强暴］好［爱好］劳［慰劳］躁造［造就］冒悼倒［颠倒］燥犒靠懊瑁燠［皓韵同］耄糙套［皓韵同］纛［沃韵同］潦耗

【去声二十一个】个贺佐大［泰韵同］饿过［歌韵同。又过失，独用］座和［唱和］挫课唾播破卧货簸轲［韰轲］驮髁［歌韵同］磋作做剁磨［磨盘］懦糯缚锉挼些［些微］

【去声二十二祃】祃驾夜下［降也］谢榭罢夏［春夏］霸暇灞嫁赦藉［凭藉］假［休假］蔗化舍［庐舍］价射骂稼架诈亚麝怕借卸帕坝靶鹧贳炙嗄乍咤诧佗鑮吓娅哑讶迓华［姓华］桦话胯［遇韵同］跨衺柘

【去声二十三漾】漾上［上下］望［阳韵同］相［卿相］将［将帅］状帐唱让浪［波浪］酿圹壮放向忘仗［养韵同］畅量［数量］葬匠障瘴谤尚涨饷样藏［库藏］舫访贶嶂当［适当］抗桁妄怆宕怅创酱况亮傍［依傍］丧［丧失］恙谅胀鬯脏［内脏］吭砀伉圹纩桄挡旺炕亢［高亢］阆防

【去声二十四敬】敬命正［正直］令［命令］证性政镜盛［茂盛］行［学行］圣咏姓庆映病柄劲竞靓净竟孟诤更［更加］并［梗韵同］聘硬炳泳迸横［蛮横］摒阱檠迎郑獍

【去声二十五径】径定听胜［胜败］磬罄应［答应］赠乘［名词］佞邓证秤称［相称］莹［庚韵同］孕兴［兴趣］剩凭［蒸韵同］迳甑宁胫

暝［夜也］钉［动词］订饤锭罄泞瞪蹭蹬亘［亘古］镫［鞍镫］滢凳磴泾

【去声二十六宥】宥候就售［尤韵同］寿［有韵同］秀绣宿［星宿］奏兽漏富［遇韵同］陋狩昼寇茂旧胄宙袖岫柚覆复［又也］救厩臭佑右囿豆饾窦瘦漱咒究疚谬皱觏嗅遘溜镂逗透骤又侑幼读［句读］堠仆副［遇韵同］锈鹫绉呋灸籀酎诟蔻僦构扣购縠戊懋贸袤嗽凑鼬瞀沤［动词］

【去声二十七沁】沁饮［使饮］禁［禁令］任［信任］荫浸潜谶枕［动词］噤甚［寝韵同］鸩赁喑渗窨妊

【去声二十八勘】勘暗滥啖担憾暂三［再三］绀憨澹［咸韵同］瞰淡缆

【去声二十九艳】艳剑念验堑赡店占［占据］敛［聚敛］厌焰［俭韵同］垫欠僭酽潋滟俺砭坫

【去声三十陷】陷鉴泛梵忏赚蘸嵌站馅

入　声

【入声一屋】屋木竹目服福禄谷熟肉族鹿漉腹菊陆轴逐苜蓿宿［住宿］牧伏凤读［读书］犊渎牍椟默縠复［恢复］粥肃磟骕鹙育六缩哭幅斛戮仆畜蓄叔淑倏独卜馥沐速祝麓辘簇蹙筑穆睦秃縠覆辐瀑郁［忧郁，郁郁葱葱］舳掬鞠蹴躅茯袱鹏鸰鼩榖扑匐簌蔟煜复［复杂］蝠菔孰塾矗竺曝鞠嗾谡簏国［职韵同］副

【入声二沃】沃俗玉足曲粟烛属录辱狱绿毒局欲束鹄蜀促触续浴酷躅褥旭欲笃督赎渌纛碡北［职韵同］瞩嘱勖溽缛梏

【入声三觉】觉［知觉］角桷榷岳乐［音乐］捉朔数［频数］卓啄琢剥驳雹璞朴壳确浊擢濯渥幄握学龌龊粜捔镯喔邈荦

【入声四质】质日笔出室实疾术一乙壹吉秩率律逸佚失漆栗毕恤密蜜桔溢瑟膝匹述黜弼跸七叱卒［终也］虱悉戌嫉帅［动词］蒺侄踬怵蟋筚篥必泌荜秫栉唧帙溧谧昵轶聿诘鳖垤捽茁鬻鹬窒苾

【入声五物】物佛拂屈郁［馥郁，郁郁乎文哉］乞掘［月韵同］吃［口吃］讫绂弗勿迄不怫绋沸茀厥倔黻崛尉蔚契屹熨［未韵同］绂

【入声六月】月骨发阙越谒没伐罚卒［士卒］竭窟笏钺歇突忽袜曰阀筏鹘［黠韵同］厥［物韵同］蹶蕨殁橛掘［物韵同］核蝎勃渤悖［队韵同］孛揭［屑韵同］碣粤樾鳜脖鹁捽［质韵同］猝惚兀讷［呐］羯凸咄［曷韵同］矻

【入声七曷】曷达末阔钵脱夺褐割沫拔［挺拔］葛闼渴拨豁括抹遏挞跋撮泼秣掇［屑韵同］挞獭［黠韵同］剌喝磕蘖瘌袜活鸹斡怛钹捋

【入声八黠】黠拔［拔擢］八察杀刹轧戛瞎刮刷滑辖铩猾捌叭札扎帕苗鹘搳萨捺

【入声九屑】屑节雪绝列烈结穴说血舌洁别缺裂热决铁灭折拙切悦辙诀泄锲咽［呜咽］轶噎彻澈哲蟞设啮劣玦截窃孽浙孑桔颉拮撷揭褐［曷韵同］缬磋［月韵同］挈抉褒薛拽［曳］蓺冽瞥迭跌阅餮奎垤捏页阕觖谲鴂撇蟞篾楔愒辄啜缀撤绁杰桀涅霓蜺［齐，锡韵同］批［齐韵同］

【入声十药】药薄恶［善恶］作乐［哀乐］落阁鹤爵弱约脚雀幕洛壑索郭错跃若酌托削铎凿箔鹊诺萼度［测度］橐钥龠瀹着著虐掠获［收获］泊搏藿嚼勺谑廓绰霍镬莫箨缚貉各略骆寞膜鄂博昨柝格拓轹铄烁灼疟蒻箬芍躇却暯矍攫醵跁魄酪络烙珞髆粕簿柞漠摸酢怍涸皟望谔噩锷颚缴扩椁陌［陌韵同］

【入声十一陌】陌石客白泽伯迹宅席策册碧籍［典籍］格役帛戟璧驿麦额柏魄积［积聚］脉夕液尺隙逆画［动词］百辟赤易［变易］革脊翮屐获［猎获］适索厄隔益窄核舄掷责坼惜癖僻掖腋释译峄择摘弈迫疫昔赫瘠滴亦硕貊跖鹡磧踖只炙［动词］踯斥舃鬲骼舶珀吓碛拆喀蚱酢剧檗擘栅啧帻扼划蝎辟馘蝈刺嵴汐藉螫莓撖襞虢哑［笑声］绎射［音亦］

【入声十二锡】锡壁历枥击绩觋笛敌滴镝檄激寂觋溺觅狄荻幂戚鹡涤的吃沥霹惕剔砾翟籴倜析晰淅蜥劈霪嫡轹枥阋苈踢迪晳禠逖蜺闃汨［汨罗江］

【入声十三职】职国德食［饮食］蚀色力翼墨极殛息熄直值得北黑侧

贼饰刻则塞［闭塞］式轼域蜮殖植敕丞棘惑忒默织匿慝亿忆臆薏特勒肋幅仄昃稷识［知识］逼克即唧［质韵同］弋拭陟恻测翊洫啬穑鲫抑或匐［屋韵同］

【入声十四缉】缉辑戢立集邑急入泣湿习给十拾袭及级涩楫［叶韵同］粒汁蛰执笠隰汲吸絷挹浥悒岌熠茸什芨廿揖煜［屋韵同］歙笈［叶韵同］圾裼翕

【入声十五合】合塔答纳榻阁杂腊匝阖蛤衲沓鸽踏拓拉盍塌哑盒卅搭褡飒磕榼遢蹋蜡溘邋跲

【入声十六叶】叶帖贴牒接猎妾蝶叠箧惬涉鬣捷颊楫［缉韵同］聂摄慑镊蹑协侠荚挟铗浃睫厌靥蹀躞燮摺辄婕谍堞霎嗫喋碟鲽捻晔蹑笈［缉韵同］

【入声十七洽】洽狭峡法甲业邺匣压鸭乏怯劫胁插锸押狎夹恰蛱砝掐劄祫眨胛呷歃闸翣［叶韵同］

附录二：词林正韵简编

（据清戈载著《词林正韵》摘编）

第一部

平声【东】【冬】通用

【一东】工弓公攻功宫芎躬中盅忠忡衷终棕丰风枫疯冯酆蓬篷丛匆充冲崇葱聪骢东讧红洪虹荭烘鸿同侗峒桐铜筒通童僮潼瞳戎狨绒融虫螽穷穹咙泷栊胧砻笼聋隆窿空倥崆翁嗡崧菘嵩雄熊蒙幪濛朦懵朦蠓

【二冬】从冲纵枞重春憧凶匈汹胸冬咚疼龙茏邛筇蛩蹱农侬浓脓佣痈噰邕庸雍墉慵镛壅钟彤供恭龚宗淙踪松蚣淞封葑峰逢烽锋茸蜂缝容蓉榕溶

仄声【董】【肿】【送】【宋】通用

【一董】孔汞侗捅桶统拢笼空总偬动蒙（蒙古）蠓董懂蕫

【二肿】冗茸巩拱冢甬拥勇俑蛹踊涌壅陇垄宠怂悚竦耸肿种踵恐捧哄奉重

【一送】中粽仲众凤讽冻栋洞弄碹贡赣空控瓮哄恸痛送梦

【二宋】从纵综用共供讼颂诵宋种重统俸葑缝

第二部

平声【江】【阳】通用

【三江】双扛江邦梆龙杠缸罡豇庞泷逄降桩撞窗幢腔跫

【七阳】乡芗详庠祥相香厢湘缃翔箱襄骧禳穰镶亡王忘望汪亢吭仓沧苍鸧藏冈刚岗纲钢卬昂方邡防坊妨彷芳房枋肪钫雱鲂长伥苌场肠尝偿徜常嫦昌倡菖娼猖阊舱央泱快殃秧鞅鸯羊佯徉洋阳扬旸炀疡飏瓤邙忙芒盲茫铓裳伤殇觞光胱匡狂劻恇筐眶框庄妆装当珰铛裆筜汤行杭航颃羌蜣呛枪抢跄戕强墙蔷嫱樯创疮床张章彰漳嫜樟璋獐良莨跟粮凉梁粱量丧桑郎浪狼硠稂琅锒稂廊榔螂姜将浆锵螀僵缰疆帮傍滂螃膀磅黄潢璜簧蟥磺皇凰隍喤徨惶湟遑煌锽蝗篁荒慌唐娘旁堂棠镗螳塘搪溏瑭螗腔糖赃臧商康慷糠霜孀骦攘囊

仄声【讲】【养】【绛】【漾】通用

【三讲】讲项蚌棒港耩

【二十二养】厂敞氅丈仗杖上响广长仰痒仿纺纩网罔惘辋魍往柱两吭沆抢享响想飨鲞象像橡养奖恍昶绑榜倘淌躺党傥说荡晃幌谎朗桨蒋强襁镪盎脏莽漭蟒爽掌赏嗓颡壤曩攘

【三绛】巷降淙绛撞戆

【二十三漾】上尚亢伉吭抗闶炕王旺妄忘望仗怏样漾炀飏盎让酿创匠向饷相圹旷纩壮状当挡档访防舫放两亮况贶诳晾谅量帐涨障嶂幛瘴胀账怅唱鬯畅怆砀荡宕傍谤丧将酱恙桁桄浪阆脏葬藏

第三部

平声【支】【微】【齐】【灰（半）】通用

【四支】儿而尸施师狮蛳箸诗时莳埘鲥匙之芝支卮栀枝肢脂氏祇胝知

踟治蚩嗤媸鸱笞痴迟池雌坻持驰篪丝斯澌司思飔厮仔咨茨孜姿赀资觜訾淄缁辎差兹滋疵髭磁瓷鹚词祠慈辞私仪尼貔皮琵罴伊医夷猗宜迪怡饴遗丽岐机肌基畸姬羁奇崎琦敧祁芪歧其欺琪其期淇骐棋祺箕旗骑綦耆麒鳍蕲弥糜縻靡縻怩毗疲阵脾姨痍移椅漪颐蛇迤噫疑嶷㴋彝贻离漓璃缡篱螭魑罹狸郦鹂骊鳌鳘（厘）牺僖嘻嬉熹禧熙墀羲曦亏丕危为维吹炊龟卑垂陲岿陂陂披虽谁绥荽追悲碑规窥唯帷惟推椎睢锤锥累赢尾迤逶菱崣隋随馗眉嵋湄楣霉葵夔菱衰筛崖涯

【五微】几讥机饥玑矶衣依沂圻祈颀希郗晞欷稀畿飞妃非肥诽绯菲扉腓痱霏归韦围帏违闱威葳微薇巍挥晖辉徽

【八齐】兮西栖眭奚溪蹊犀醯乩鸡嵇稽赍斋齐蛴脐跻低诋羝堤提题醍啼缔蹄绨梯鹈批妻凄萋泥倪猊霓蜺鲵砒荑迷梨犁黎藜鹥蠡笓鼙圭闺奎暌嘶撕携

【十灰（半）】回徊蛔洄茴灰虺坯胚杯枚玫莓梅瑰媒煤谋恢追桅陪培醅裴偎隈傀煨隗嵬魁盔堆崔推催摧颓雷擂檑儡

仄声【纸】【尾】【荠】【贿（半）】【寘】【未】【霁】【泰（半）】【队（半）】通用

【四纸】几已妓技纪麂否痞匕比秕蚍妣彼婢髀鄙巳士仕市视矢史褫子仔姊秭紫梓滓泚觜（嘴）訾已汜圯祀杞耜似姒死兕此只枳止址芷祉趾纸咫旨指徵耻齿峙恃雉豸痔氏是使始驶豕侈以苡矣俟拟起企跂弛徙庋履砥喜靡李里俚娌悝理鲤逦迩迤抵迆舣蚁倚椅玺绮旖旎你尔弭癸揆水宄轨晷诡委毁浼诔傀美垒跬跪累蕊髓捶棰揣

【五尾】几虮岂唏卉尾娓伟苇纬炜玮韪委诿鬼虺匪悱菲斐榧蜚篚

【八荠】礼启棨米眯祢洗体诋邸坻底抵砥柢泥昵睨挤济荠陛澧醴蠡弟递娣悌涕

【十贿（半）】每汇倍悔贿馁傀猥罪腿蓓璀磊蕾儡

【四寘】二贰饵珥司伺饲笥嗣厕思（名词）四泗驷肆肆自字渍眦（眥）次恣刺翅赐豉使驶示寺侍事试食莳嗜谥至致志痣治识帜炽智质骘贽

挚鸷值置寘稚雉义议异谊易意薏劓懿冀记忌芰积洎季寄悸觊暨骑骥比庇毖跛畀痹避鼻臂譬地坔啻吏利莉痢企弃器戏屣泌秘腻为伪萎位苤遗坠愦醉祟遂隧燧邃备被陂篦柜匮蒉篑泪类累愧馈媚寐魅恚悴萃粹翠瘁瑞睡穟帅吹

【五未】气忾衣毅既熨卉未汇讳纬味畏胃谓渭猬尉蔚慰魏贵沸费诽痱翡蜚溉

【八霁】币闭毙薜薛睥敝弊蔽濞媲弟娣悌涕递睇第帝谛缔蒂棣厉隶丽俪励砺粝例荔戾唳捩计际剂挤济偈祭继霁髻蓟系细艺呓诣羿裔瘗癠谜憩契锲妻泥睨屉剃替嚏婿世彘势贳逝誓筮噬制掣滞曳卫睿锐税说岁蜕芮蚋袂脆毳缀赘桂鳜彗惠慧蕙蟪逮

【九泰（半）】贝狈沛旆霈兑酹会狯郐脍绘烩荟蟪蜕最蕞

【十一队（半）】内吠字悖妹废肺昧背海悔晦嗨秽退佩配队对碓敦淬碎溃焙辈刈北（通背）

第四部

平声【鱼】【虞】通用

【六鱼】于予纡余畲於淤鱼渔欤誉舆龉车居据琚裾驴闾榈苴沮狙咀疽蛆菹趄雎祛渠蕖徐胥虚嘘墟蘧蕖书如茹初庐除涂蜍滁诸猪储梳疏舒锄樗蔬躇

【七虞】于吁纡迂盂竽臾谀萸腴须需雩俞逾榆瑜愉揄渝觎窬禺隅喁嵎愚娱虞鸆龉区岖驱躯劬拘驹枸俱趋瞿衢氍癯乌呜夫肤扶芙蚨趺麸符无芜污鼯殳毋乎呼乌卢芦垆泸炉栌轳鸬鲈舻颅奴孥帑驽凫俘郛桴敷朱侏诛邾姝洙茱株殊珠铢蛛吴吾梧孚菩苏酥稣徂租殂粗图菟途涂荼酴徒屠都姑菇沽枯蛄酤骷辜箍刳呱鸪瓠孤弧狐菰觚枢输巫诬甫葡逋晡铺莆蒲胡瑚湖猢葫醐糊蝴壶瓠厨蹰雏儒孺嚅濡襦摹谟模膜

仄声【语】【麌】【御】【遇】通用

【六语】女与屿予序许去巨讵苣拒炬钜距吕侣莒语圄龉圉举榉旅膂叙

淑醑处伫苎贮杼抒纾汝茹诅阻沮咀俎杵楚础浒渚绪楮褚暑煮黍鼠墅所

【七麌】宇雨羽诩栩取矩庾偻缕褛窭聚禹踽愈煦麌土吐五伍午忤邬舞古估诂怙祜苦罟酤母姥亩户沪扈父主拄柱麈努弩怒卤坞妩庑抚杜牡肚股补乳侮府拊腑腐斧武鹉组祖浒虎琥房掳普甫圃浦莆溥脯辅簿釜滏堵睹赌鲁橹数竖树蛊贾羖鼓瞽谱雇部否缶某篓莽

【六御】女与欤饫驭讵沮狙语去虑倨据锯踞淤御誉预蓣豫翥絮嘘觑遽处助恕庶著疏署箸薯曙

【七遇】芋句妪具惧飓禺寓遇娶屦谕裕酗煦屦趣瞿互冱瓠仆讣赴付附驸忤迕污务雾步布怖吐戍诉妇负住注驻炷蛀铸祚库绔妒护赋富阜兔菟固故酤度渡镀怒婺骛鹜误恶悟捂晤寤哺捕铺傅赙树愫赂辂路潞璐鹭露暮募墓慕顾雇措醋塑数溯痼锢孺蠹

第五部

平声【佳（半）】【灰（半）】通用

【九佳（半）】乖怀侪钗差排俳埋挨斋柴豺崖捱崽牌楷槐淮骸霾皆偕谐喈阶街鞋

【十灰（半）】才开台呆材来灾财抬苔骀胎该陔咳（咍）哀哉垓孩徊唉埃崃徕栽莱赅徘猜皑裁颏煨鳃鲐鳎鳏

仄声【蟹】【贿（半）】【泰（半）】【卦（半）】【队（半）】通用

【九蟹】奶买拐骇摆捭矮楷揩（佳韵同）解蟹洒

【十贿（半）】乃亥在块改凯迨采待怠恺殆闾闿宰海载彩铠颏醢

【九泰（半）】大太丐外艾汰沛侩奈鄶带柰害泰盖赖蔡蔼濑癞籁霭

【十卦（半）】夬迈坏块快卖怪败哙拜湃稗派债晒蛋隘蒯寨喟恚聩赘聩介芥疥届界疥戒诫械廨懈邂薤澥

【十一队（半）】代再在耒块忾岱态咳瑰耐贷爱载块菜袋赍逮慨溉睐塞概碍暧赛黹戴黛

第六部

平声【真】【文】【元（半）】通用

【十一真】人仁纫仑伦沦抡纶轮巾津辛莘锌新薪因洇姻茵氤寅夤堙湮垠银狺鄞闽民泯岷珉缗真珍畛嗔瞋禛甄申呻伸绅身诜神尘臣辰娠宸晨陈唇匀均昀钧筠菌逡皴旬询恂峋洵荀巡驯循屯纯肫莼旻贫春椿遵谆淳醇鹑宾傧滨缤嫔彬槟斌豳频颦颦苹（蘋）亲秦溱蓁榛臻邻鄰嶙遴辚䐣磷鳞麟

【十二文】文坟汶纹蚊雯闻氲分汾纷芬氛焚斤芹昕欣筋狺殷勤荤贲军君群裙云纭芸耘员勋郧熏薰曛醺

【十三元（半）】门们扪仑论抡屯囤纯饨炖存孙荪狲飧村奔吞昏婚魂阍坤髡昆馄琨锟鲲垦根跟痕垣浑盆湓恩埻喷尊樽温瘟豚臀敦墩礅磾蹲

仄声【轸】【吻】【阮（半）】【震】【问】【愿（半）】通用

【十一轸】允吮狁陨殒尹引矧蚓尽紧忍牝膑诊畛疹朕赈肾屃缜稹囟悯抿泯愍黾敏嶙哂笋盾准隼菌窘蠢

【十二吻】刎吻隐扽近岙忿粉愤悃瓿堇揾韫谨槿瑾蕴

【十三阮（半）】本笨忖囤沌盾垦很狠恳龈悃捆阃损稳畚衮滚混棍鲧鳟

【十二震】刃仞轫韧仅认讯汛迅印阵吝进闰衬趁信胤尽烬赆顺振娠赈孱震镇慎俊峻浚骏晋缙徇殉衅润谆龀舜瞬摈殡鬓蔺躏廑僅瑾觐遴磷

【十三问】分忿奋粪斤近靳训问闻扮汶愫扮郡捃郓晕运酝韵愠蕴墨

【十四愿（半）】寸艮论困闷奔诨恨褪逊钝顿遁喷巽搵溷嫩

第七部

平声【元（半）】【寒】【删】【先】通用

【十三元（半）】元园沅芫鼋袁猿辕言原源爰谖援媛湲番蕃燔璠幡翻藩蹯烦樊繁轩喧萱暄煊冤鸳鸩蜿骞鸯掀圈赶（兽举尾也）

【十四寒】丸纨完干杆玕邗刊汗肝竿舡看丹单郸弹殚瘅箪兰拦栏阑谰澜叹摊滩团抟湍奸安鞍欢观坛邯姗珊跚官倌棺冠峦峦銮鸾拚潘蟠残洹剜宽桓萑狻般搬瘢钻难曼谩漫馒鳗瞒颟蹒盘磐寒韩端酸翰餐檀繁攒獾

【十五删】山汕疝删关纶鳏奸间艰悭萱扳般班斑颁顽殷颜还环患圜寰擐鬟闲娴痫鹇鸾湾孱蛮潺潺斓攀鬟

【一先】千阡芊迁跹牵虔铅乾愆骞搴褰笺钱前戈坚肩煎犍鞯溅川穿传船遄椽专砖颛天填滇先仙籼鲜贤弦舷涎田佃钿畋阗玄宣悬旋漩璇儇牵边便扁偏胼骈篇翩蝙编鳊鞭悛全诠荃轻痊筌铨权泉拳颧咽烟胭湮嫣燕焉鄢蔫年延蜒筵妍研沿员圆缘连莲涟琏单怜联卷捐涓娟狷鹃镌鬈蠲鸢渊拴栓毡旃扇煸膻亶澶婵禅蝉缠廛躔眠绵棉湲然燃颠巅癫

仄声【阮（半）】【旱】【潸】【铣】【愿（半）】【翰】【谏】【霰】通用

【十三阮（半）】反阪返饭阮沅远宛苑菀琬畹蜿婉挽晚偃堰绻犍謇蹇巘

【十四旱】伞伴拌但坦袒卵旱罕侃诞砍浣莞脘碗赶馆琯管短散款断缎缓暖满算谰懒罂憓缵纂

【十五潸】产铲汕阪板版拣眼限柬棘栈盏绾赧皖简撰馔潸屦

【十六铣】犬畎件舛免勉娩冕涓缅腼岘沔兖典碘腆喘卷隽泫浅转软饯扁匾碥褊显狁獮珍盱茧衍选跣展蚬剪谫撚铣阐善膳脔践辇遣键缱戬演辗鲜碾篆翦辨辫藓癣塞燹亶颤鳝

【十四愿（半）】万劝远饭畈贩券建健键毽宪献怨愿挽圈曼蔓郾堰瑷

【十五翰】干杆汗旰悍捍焊翰瀚汉半伴泮绊畔叹炭碳疸旦但观乱判叛奂唤换涣焕灿粲璨侃看岸按案贯冠断段缎锻烂钻难婉惋惮弹馆散窜腕蒜算墁幔漫缦谰罂赞攒瓒灌鹳罐爨玩

【十六谏】办扮盼幻宦讪汕疝串患苋间裥涧栈谏晏绾惯绽铲雁谩慢豢篆纂缲瓣

【十七霰】卞忭汴片弁拚见贱荐煎溅箭电甸佃钿淀靛奠传转啭撰馔县现砚研咽唁单禅扇善缮膳卷倦眷绚绢狷炫眩念恋拣练炼链钏线饯变便彦谚

战晛茜选院面倩羡遣谴宴燕绽媛掾援缘遍殿瑗旋漩镟煽擅颤霰

第八部

平声 【萧】【肴】【豪】通用

【二萧】刁幺夭妖要腰尧侥哓娆峣浇饶骁桡烧蛲跷辽僚寥寮嘹撩潦獠缭燎镣鹩乔桥侨娇峤荞骁杓条鲦佻挑姚桃铫钊枭岩招笤苕迢昭枵标轺貂超韶韶髾苗猫描瞄锚宵消绡逍硝销霄魈嚣凋调蜩碉雕窑邀朝潮陶聊鸮萧潇箫椒焦谯蕉瞧憔樵瞧礁鹪翘橇谣徭摇瑶遥鹞剽嫖漂飘瓢瞟镖飙飚鳐镳

【三肴】爻交郊姣茭胶蛟鲛鵁凹包咆刨庖泡狍苞炮胞匏跑抄钞茅肴捎梢峭泘艄鞘哮铙抛坳巢教敲嘲蛸

【四豪】刀叨忉毛芼牦旄髦号饕嗥毫豪嚎壕濠尻劳唠捞涝痨牢挠洮逃桃淘陶啕萄掏敖嗷遨熬獒鳌鏊螯鳌涛翱皋绦羔糕袍高蒿篙曹嘈漕遭槽糟蛴艚膏搔骚臊操憽滔韬褒缫薅醪麋獏（音挠）艘（音搔）

仄声 【筱】【巧】【皓】【啸】【效】【号】通用

【十七筱】了小夭少杪眇秒鸟茑袅悄杳窈兆窕挑扰侥娆晓筱绕皢沼绍表赵肇晁舀掉殍皎矫敫剿缴淼渺缈缥蓼缭燎貌

【十八巧】爪卯茆昴巧吵炒佼饱鲍咬姣狡绞铰挠搅拗獠

【十九皓】讨好扫早杲昊皂老佬考拷栲烤祷岛捣宝保葆堡褓鸨抱枣恼脑瑙草蚤袄媪嫂倒套浩造皓涝道稻缟槁稿镐潦燠懊澡燥藻颢灏

【十八啸】少妙叫召劭诏邵吊钓调掉尿疗廖料嘹燎镣鹩肖庙诮哨俏悄峭鞘娆绕烧鹞峤轿要窍笑啸眺铫跳粜票剽漂骠照裱徼僬醮曜耀

【十九效】刨泡炮孝效校酵较教觉拗闹钞淖棹罩窖稍敲貌豹爆

【二十号】号好导扫涝冒告诰部靠报灶套到倒傲骜旄耄耗造糙悼盗祷蹈奥澳懊燠帽瑁缟犒暴潦噪操燥躁纛（音道，入声音毒，沃韵义同）

第九部

平声【歌】独用

【五歌】么磨魔戈哥歌他它佗陀沱驼跎酡禾和何呵阿妸诃河苛珂柯轲疴荷多讹过锅涡窝倭那挪哪驮拖鼍陂坡颇婆挼唆梭蓑莎（音梭）波鄱蟠娑玻罗萝逻锣箩骡螺俄娥哦峨硪蛾鹅科蝌窠髁嵯搓磋瘥摩蹉醝靴瘸伽（音茄）迦（通邂）

仄声【哿】【个】通用

【二十哿】么火伙夥裸颗果裹可坷岢哿荷舸叵左朵垛躲（軃）軃哆那娜妸硪我坐妥沱柁舵娑柂琐锁堕惰祸逻颇跛簸卵爹爸

【二十一个】【过】个（箇）左过驮佐作坐座挫锉做些剁卧和贺货轲挼破课髁饿唾惰磋播磨懦糯簸缚大那

第十部

平声【佳（半）】【麻】通用

【九佳（半）】佳哇洼娃蛙涯睚娲蜗

【六麻】丫呀牙伢芽鸦琊哑桠衙叉杈巴芭疤把笆琶葩耙加迦枷珈痂笳袈跏嘉瓜呱抓挝爬划华哗桦骅夸姱沙纱砂裟鲨花娃洼涯娲差咤查渣楂槎拿茶虾麻蟆家葭遐瑕疵霞爷爹邪耶揶椰车些嗟茄奢斜蛇佘赊畲遮

仄声【马】【卦（半）】【祃】通用

【二十一马】下夏厦马玛码蚂瓦打那哑把剐洒耍贾假跁疤雅寡也写且冶者赭社姐泻舍野惹喏踩

【十卦（半）】卦挂画话睚尬夬介戒芥届界疥诫械廨懈邂薤瀣

【二十二祃】下吓化话乍诈佗诧咤讶亚娅价华讶迓坝把杷靶祃驾骂罢

霸瀣夏嗄罅怕架嫁稼假暇桦胯跨夜卸舍借赦射谢榭麝柘蔗鹧籍炙贳

第十一部

平声【庚】【青】【蒸】通用

【八庚】令平评坪怦抨苹枰砰正征钲争峥狰铮筝生牲旌笙甥声名明萌盟绷棚鸣并兵浜成诚城盛呈程醒橙噌瞠行桁珩亨哼横衡蘅狞坑铿更粳庚赓耕羹迎英瑛莺婴嘤撄缨璎罂樱鹦茔苎莹营萦盈楹赢嬴瀛菁情清晴睛精蜻鲭轻顷倾卿擎檠晶京惊鲸鲸荆茎柽蛏撑赪烹彭澎膨兄荣嵘觥宏闳泓琼訇轰黉甍贞侦桢祯拼姘伧盲氓

【九青】丁仃厅汀叮町耵钉疔宁咛刑邢形型硎伶图泠苓柃玲铃瓴羚翎聆蛉龄零停听廷庭蜓霆灵棂陉垌扃泾经青蜻亭婷俜娉屏瓶萍星惺猩腥醒荧莹铭冥溟暝瞑螟酃醽馨

【十蒸】仍扔升冯丞兴冰灯层应凭征承澄胜朋崩鹏姮恒乘凌陵崚绫菱鲮丞蒸症称能渑绳蝇惩曾棱登簦楞塍腾滕藤誊兢僧增嶒憎缯赠罾凝膺鹰弘肱薨薨矜

仄声【梗】【迥】【敬】【径】通用

【二十三梗】井阱颈丙炳饼并冷杏岭领顷幸悻秉狰省昔荇郢逞哽埂绠耿梗鲠请婧靖静骋猛艋蜢惺景憬影颖颍儆警境整瘿永皿矿

【二十四迥】到胫町酊顶迥炯茗酩拯挺梃铤艇鼎等溟醒謦肯冼

【二十四敬】令圣正证政郑诤并进摒柄炳庆行更硬迎映净镜獍敬孟竞竟姓性命病晟盛靓聘横綮咏泳劲

【二十五径】订钉钉证邓宁泞亘兴廷佞听应凭定锭径泾迳胫庭胜乘剩秤称莹滢暝凝媵凳橙瞪磴镫蹬瓿赠蹭磬罄謦孕

第十二部

平声【尤】独用

【十一尤】仇犰鸠雏勾沟钩篝区讴呕抠沤欧瓯鸥尤优忧犹疣莸鱿牛牟

侔眸丘邱蚯囚泗头投骰偷由邮妯抽油游蝣繇矛柔揉蹂鞣孟鍪丢休咻庥貅髹刘浏州洲酬收纠瘳舟辀攸悠修求俅逑球赇裘虬诌邹驺呦周啁惆绸稠侯喉猴糇篌俦帱筹踌畴娄偻搂楼篓楼蝼髅幽秋啾揪湫愁楸鬏酋遒猷蝤流琉硫旒鎏留骝榴瘤羞馐䲡诹陬鲰兜谋缪搜溲馊飕抔掊瓿不（通有韵否）罘浮桴蜉彪

仄声【有】【宥】通用

【二十五有】九久玖韭口否吼呕殴丑扭钮纽友手斗抖蚪叩扣右纠赳后守有朽取某首缶臼舅卤寿肘纣走陡酉酒咎姆帚狗苟笱厚受授绶垢柳绺诱莠剖掊叟溲擞薮偶耦藕揉蹂牖楘黝母拇牡妇亩阜瓿不（同否）

【二十六宥】又右佑幼仆斗戊旧后诟逅扣寿沤灸疚秀透绣锈究豆走侑囿宥咒咪酎昼宙胄绉皱甃岫柚鼬构遘媾觏彀购陋漏厚奏凑揍枢狩贸候堠臭嗅逗痘饾读窦兽售瘦宿寇蔻授绶救就僦鹫厩谬缪鹨溜馏籀鲎啾漱镂簌骤副富复覆茂袤懋

第十三部

平声【侵】独用

【十二侵】今吟岑芩涔衿衾黔壬任妊淫霪心芯寻浔阴荫忱沈沉针参林琳郴淋森霖金临侵浸禁骎音喑愔瘖歆钦砧深琛琴禽擒檎谌湛斟椹禁襟箴簪蟫

仄声【寝】【沁】通用

【二十六寝】沈枕饪荏衽恁饮审品怎甚葚朕谂稔婶渖寝锦噤禀凛廪懔檩

【二十七沁】任妊衽沁饮枕荫鸩浸甚赁渗喑窨禁噤譖谶

第十四部

平声【覃】【盐】【咸】通用

【十三覃】三甘泔邯柑蚶酣憨含颔岚蓝篮褴男函涵参骖毵担昙贪南楠眈耽蚕谈郯痰婪庵惭探聃谙龛湛堪戡覃谭潭镡蟫澹簪

【十四盐】占拈沾苫粘黏尖纤严佥奁歼帘炎恬砭觇铃签兼谦嫌廉镰缣蒹鹣盐钳甜箝添渐潜阎阉淹崦腌詹檐瞻襜蟾髯黔

【十五咸】凡帆严杉衫芟函喃岩咸缄监嵌衔掺谗搀馋巉镵

仄声【感】【俭】【豏】【勘】【艳】【陷】通用

【二十七感】坎胆览啖毯惨敢橄菡萏喊感撼嵌揽笒榄颔窞澹糁黪

【二十八俭】闪冉苒芡歉弇罨掩罨忝贬陕俨俭险捡检敛脸弇点玷飐染剡琰谄焰埝崄渐簪

【二十九豏】犯范斩舰减碱湛滥槛阚豏巉灔黯

【二十八勘】担绀嵌勘啖淡探淦暂暗缆滥憾澹憨瞰三（再三）

【二十九艳】欠占砧店沾苫坫厌忝垫念剑敛殓验潋砭俺焰艳滟埝渐僭酽赡

【三十陷】忏泛监站陷馅梵鉴赚蘸

第十五部

入声【屋】【沃】通用

【一屋】卜仆朴扑濮蹼醭六木沐牧穆目苜睦伏茯袱凤竹竺肉秃谷鹄陆禄碌叔淑菽踧蹙国囿妯轴舳服菔鹏肃骕鹔复腹蝮覆馥哭屋独祝筑谡倏簌畜搐蓄读渎椟牍犊黩逐速副幅福辐蝠匐啄孰熟塾宿缩斛觫槲族嗾镞蔟簇鹿漉辘簏麓毂榖斀骛戮暴瀑曝蹴鼀蠹粥育郁昱煜踘菊掬踘鞠蓿毓鬻

【二沃】沃北束俗足促录菉渌逯烛触毒碡辱梏牿鹄酷筶属嘱瞩粟赎

浡缛溽督瞪蜀躅矗玉钰旭曲局铜峪浴欲狱勖续绿趣

第十六部

入声【觉】【药】通用

【三觉】乐朴壳悫角桷卓桌倬学岳浊镯荦药觉驳剥捉趵龌斵朔萌槊啄琢喔幄握渥齷确榷摧榷搦暴爆璞擢濯数（音朔）邈雹

【十药】勺芍妁约灼药酌跃乐烁铄各恪洛络格烙珞胳骆略落酪貉雒阁搁托扩作怍昨柞迮酢却拓泊粕箔陌魄泽铎蠚箨痄虐谑若诺箬削垩恶噩度庹踱蹯斫柝郝钥亳厝错鹊弱蒻索莫寞摸漠膜幕获霍藿镬蠖鬘攫躩椁郭廓掠壑涸着著绰焯脚爵嚼镢谔愕萼锷颚鄂鳄雀鹤凿博搏缚膊薄簿礴噱醵橐缴龠瀹

第十七部

入声【质】【陌】【锡】【职】【缉】通用

【四质】一壹乙佚轶佾逸溢镒七柒漆膝匹必苾泌瑟出苗绁黜叱虱失帙实室侄郅垤姪栉铚蛭臺秩帙质镝蹢梀吉佶劼诘唧疾嫉蒺毕荜筚跸弼笔溧聿律怵日汨密谧蜜昵栗溧篥鬵悉蟋橘鷸术述怵秩戌卒捽帅率蟀摔

【十一陌】夕汐穸斥白伯拍迫帛柏珀舶魄麦脉摘翟百佰陌貊石硕跖碧辟僻擗薜癖襞亦奕弈疫迹逆适宅役益译峄择怿泽绎驿释坼拆剧席易舄昔惜蜴脊戟隙嵴瘠鹊踖鲫藉籍屐尺赤刺只积炙擿掷踯掖液腋划画哑喀咋苲蚱窄吓赫册厄扼轭栅责啧帻碛箦客额骼核策索获蓦革射鬲隔膈翮蝈帼虢滴谪磔螫

【十二锡】历沥枥雳击毄激檄戚寂绩吃汩觅溺幂狄获逖敌涤嫡滴镝笛迪妯析淅晰蜥皙阅的籴籴栎砾轹郦倜剔惕裼锡踢觋觌鬩劈壁甓霹鹝翟

【十三职】力仂亿忆抑薏臆嶷翼弋忒匿慝逼亟殛极即唧鲫棘稷息熄媳域蜮洫翊翌式拭栻轼肋蚀食识织职直值植殖稙陟饰饬敕色塞啬穑仄昃则侧恻测克刻劾国或惑默特勒北贼黑墨得德甸幅

【十四缉】入习十什汁廿拾给及圾岌执汲级芨吸笈靸袭急集立泣笠粒煜邑悒挹浥涩湿戢揖葺缉楫辑絷蛰熠褶翕歙隰

第十八部

入声【物】【月】【曷】【黠】【屑】【叶】通用

【五物】不勿芴物弗佛怫拂沸绋茀艴乞讫吃屹汔迄疙屈倔诎崛掘厥绋袚祓黻郁尉蔚熨

【六月】月曰粤钺越樾讦谒揭歇碣竭蝎羯蠍阙厥撅橛蕨橛蹶鳜孛悖饽勃脖鹁渤浡讷没殁卒捽猝咄窟矻纥核兀杌凸忽唿惚笏突骨鹘发伐垡阀筏袜罚

【七曷】末茉抹沫秣袜夺咄捋钵脱斡割掇裰撮豁磕曷喝渴葛遏褐活括栝聒鸹阔达挞闼鞑拔跋泼钹跋妲怛靼萨铩剌辣瘌獭撒擦蘖

【八黠】八叭捌扎札轧刮刷杀刹铩煞乞挖帕拔戛嘎捺铡握滑猾察辖瞎苗刖劼秸颉黠鹖薛獭

【九屑】子节疖杰洁拮结桔揭碣榤截絜挈切沏彻窃契楔锲灭蔑篾臬陧涅捏啮孽薛穴血雪绝谲决抉诀玦缺觖鴂列冽劣烈裂迭轶跌铁餮悦阅阕屑亵页咽噎拽别呐折哲浙舌设说拙泄绁热爇剟啜缀掇缀辍闭批蜕捩垤姪蛭耋颉撷缬挈撤澈撒辙憋瞥蹩鳖

【十六叶】叶晔烨帖怗贴协勰侠挟浃荚铗颊慊箧笈楫涉猎妾接霎厌捻聂喋惬摄镊颞蹑婕捷睫摺褶辄耆叠谍喋堞碟蝶牒蹀鲽餍魇燮嬖躐鬣

第十九部

入声【合】【洽】通用

【十五合】卅匝咂合蛤鸽盒盍嗑搕溘阖榼瞌磕劄嗒塔搭答褡杂纳衲拉沓飒趿踏腊蜡塌揭遢榻蹋邋

【十七洽】业邺乏眨夹札怯劫胁法压哈恰洽袷甲呷押匣闸狎胛铪鸭郏峡狭硖蛱掐插歃锸霎

附录三：词谱选编

（一）摘编自龙榆生所著《唐宋词格律》，依韵脚分为平韵、仄韵、平仄韵转换、平仄韵通叶、平仄韵错叶五格。

（二）唐宋词例中的粗体字表示押韵的字，每格中的"中"表示可平可仄。

第一类　平韵格

1. 十六字令

因全词仅十六字而得名。又名《苍梧谣》《归字谣》。单调（只一阕），十六字，三平韵。

定格

平（韵）中仄平平仄仄平（韵）平平仄（句）中仄仄平平（韵）

例

天！休使圆蟾照客**眠**。人何在？桂影自婵**娟**。

——蔡伸

2. 忆江南

又名《望江南》《梦江南》《江南好》。《金奁集》入"南吕宫"。段安节《乐府杂录》："《望江南》始自朱崖李太尉（德裕）镇浙日，为亡妓谢秋娘所撰。本名《谢秋娘》，后改此名。"二十七字，三平韵。中间七言两句，以对偶为宜。第二句亦有添一衬字者。宋人多用双调。

定格

平中仄（句）中仄仄平平（韵）中仄中平平仄仄（句）中平中仄仄平平（韵）中仄仄平平（韵）

例一

春去也，多谢洛城人。弱柳从风疑举袂，丛兰裛露似沾巾。独坐亦含颦。

——刘禹锡（和乐天《春词》，依《忆江南》曲拍为句）

例二

天上月，遥望似一团银。夜久更阑风渐紧。与奴吹散月边云。照见负心人。

——敦煌无名氏

3. 捣练子

又名《深院月》。例作征妇怀念征人之词。《太和正音谱》入"双调"。二十七字，三平韵。

定格

平仄仄（句）仄平平（韵）仄仄平平仄仄平（韵）中仄仄平平仄仄（句）仄平平仄仄平平（韵）

例一

深院静，小庭**空**，断续寒砧断续**风**。无奈夜长人不寐，数声和月到帘**栊**！

——李煜

例二

边堠远，置邮**稀**，附与征衣衬铁**衣**。连夜不妨频梦见，过年惟望得书归。

——贺铸

4. 江城子

一作《江神子》。《金奁集》入"双调"。三十五字，五平韵。结有增一字，变三言两句作七言一句者。宋人多依原曲重增一片。

定格

中平中仄仄平平（韵）仄平平（韵）仄平平（韵）中平中仄（句）中仄仄平平（韵）中仄中平平仄仄（句）平仄仄（句）仄平平（韵）

附注：第一句可作"仄仄平平仄仄平"。第四句中四字亦可作"仄仄平平"。

例一

鵁鹳飞起郡城**东**。碧江**空**，半滩**风**。越王宫殿，蘋叶藕花**中**。帘卷水楼鱼浪起，千片雪，雨濛**濛**。

——牛峤

例二（双调）

十年生死两茫**茫**，不思量，自难**忘**。千里孤坟，无处话凄**凉**。纵使相逢应不识，尘满面，鬓如**霜**。

夜来幽梦忽还**乡**。小轩**窗**，正梳**妆**。相顾无言，惟有泪千**行**。料得年年肠断处，明月夜，短松冈。

——苏轼（乙卯正月二十日夜记梦）

5. 长相思

又名《双红豆》。唐教坊曲。双调小令。三十六字，前后片各三平韵，一叠韵。

定格

中中平（韵）中中平（叠）中仄平平中仄平（韵）中平中仄平（韵）
中中平（韵）中中平（叠）中仄平平中仄平（韵）中平中仄平（韵）

例一

汴水**流**，泗水**流**。流到瓜洲古渡头，吴山点点**愁**。
思悠**悠**，恨悠**悠**。恨到归时方始**休**，月明人倚**楼**。

——白居易

例二

长相**思**，长相**思**。若问相思甚了**期**，除非相见**时**。
长相**思**，长相**思**。欲把相思说似**谁**，浅情人不**知**。

——晏几道

6. 浣溪沙

唐教坊曲，《金奁集》入"黄钟宫"，《张子野词》入"中吕宫"。四十二字，上片三平韵，下片两平韵，过片二句多用对偶。别有《摊破浣溪沙》，又名《山花子》，上下片各增三字，韵全同。

格一

中仄中平中仄平（韵）中平中仄仄平平（韵）中平中仄仄平平（韵）
中仄中平平仄仄（句）中平中仄仄平平（韵）中平中仄仄平平（韵）

例一

惆怅梦余山月**斜**，孤灯照壁背窗**纱**。小楼高阁谢娘**家**。
暗想玉容何所似，一枝春雪冻梅**花**。满身香雾簇朝**霞**。

——韦庄

例二

一曲新词酒一**杯**，去年天气旧亭**台**。夕阳西下几时**回**？
无可奈何花落去，似曾相识燕归**来**。小园香径独徘**徊**。

——晏殊

格二（摊破浣溪沙）

仄仄平平仄仄平（韵）平平仄仄仄平平（韵）平仄平平仄平仄（句）仄平平（韵）

中仄中平平仄仄（句）中平平仄仄平平（韵）平仄平平平仄仄（句）仄平平（韵）

附注：上片第三句末三字，可作"平仄仄"。

例三

菡萏香销翠叶**残**，西风愁起绿波**间**。还与韶光共憔悴，不堪**看**。
细雨梦回鸡塞远，小楼吹彻玉笙**寒**。多少泪珠何限恨，倚阑**干**。

——李璟

7. 阮郎归

又名《醉桃源》《碧桃春》。《神仙记》载刘晨、阮肇入天台山采药，遇二仙女，留住半年，思归甚苦。既归则乡邑零落，已经十世。曲名本此，故作凄音。四十七字，前后片各四平韵。

定格

中平平仄仄平平（韵）平平中仄平（韵）仄平平仄仄平平（韵）中

平中仄平（韵）

平仄仄（句）仄平平（韵）中平中仄平（韵）中平中仄仄平平（韵）中平中仄平（韵）

例一

旧香残粉似当**初**，人情恨不**如**。一春犹有数行**书**，秋来书更**疏**。
衾凤冷，枕鸳**孤**，愁肠待酒**舒**。梦魂纵有也成**虚**，那堪和梦**无**。

——晏几道

例二

湘天风雨破寒**初**，深沉庭院**虚**。丽谯吹罢小单**于**，迢迢清夜**徂**。
乡梦断，旅魂**孤**，峥嵘岁又**除**。衡阳犹有雁传**书**，郴阳和雁**无**。

——秦观

8. 画堂春

最初见《淮海居士长短句》。四十七字，前片四平韵，后片三平韵。《山谷琴趣外篇》于两结句各添一字。

定格

中平中仄仄平平（韵）中平中仄平平（韵）中平中仄仄平平（韵）中仄平平（韵）

中仄中平中仄（句）中平中仄平平（韵）中平中仄仄平平（韵）中仄平平（韵）

例一

落红铺径水平**池**，弄晴小雨霏**霏**。杏园憔悴杜鹃**啼**，无奈春**归**！
柳外画楼独上，凭阑手捻花**枝**。放花无语对斜**晖**，此恨谁**知**？

——秦观

例二

摩围小隐枕蛮**江**，蛛丝闲锁晴**窗**。水风山影上修**廊**，不到晚来**凉**。
相伴蝶穿花径，独飞鸥舞溪**光**。不因送客下绳**床**，添火炷炉**香**。

——黄庭坚

9. 太常引

四十九字，前片四平韵，后片三平韵。两结句倒数第二字定要去声。

定格

中平中仄仄平平（韵）中仄仄平平（韵）中仄仄平平（韵）仄中仄（豆）平平仄平（韵）

中平中仄（句）中平中仄（句）中仄仄平平（韵）中仄仄平平（韵）仄中仄（豆）平平仄平（韵）

例

一轮秋影转金**波**，飞镜又重**磨**。把酒问姮**娥**：被白发、欺人奈**何**？
乘风好去，长空万里，直下看山**河**。斫去桂婆**娑**，人道是、清光更**多**。

——辛弃疾

10. 鹧鸪天

又名《思佳客》。五十五字，前后片各三平韵，前片第三、四句与过片三言两句多作对偶。

定格

中仄平平中仄平（韵）中平中仄仄平平（韵）中平中仄平平仄（句）中仄平平中仄平（韵）

平仄仄（句）仄平平（韵）中平中仄仄平平（韵）中平中仄平平仄（句）中仄平平中仄平（韵）

例一

彩袖殷勤捧玉**钟**，当年拼却醉颜**红**。舞低杨柳楼心月，歌尽桃花扇底**风**。

从别后，忆相**逢**，几回魂梦与君**同**。今宵剩把银釭照，犹恐相逢是梦**中**！

——晏几道

例二

壮岁旌旗拥万**夫**，锦襜突骑渡江**初**。燕兵夜娖银胡䩮，汉箭朝飞金仆**姑**。

追往事，叹今**吾**，春风不染白髭**须**。却将万字平戎策，换得东家种树**书**。

——辛弃疾（有客慨然谈功名，因追念少年时事，戏作）

11. 小重山

又名《小重山令》。《金奁集》入"双调"。唐人例用以写"宫怨"，故其调悲。五十八字，前后片各四平韵。

定格

中仄平平中仄平（韵）中平平仄仄（豆）仄平平（韵）中平中仄仄平平（韵）平中仄（句）中仄仄平平（韵）

中仄仄平平（韵）中平平仄仄（豆）仄平平（韵）中平中仄仄平平（韵）平中仄（句）中仄仄平平（韵）

例一

一闭昭阳春又**春**。夜寒宫漏永，梦君恩。卧思陈事暗销**魂**。罗衣湿，红袂有啼**痕**。

歌吹隔重**阍**。绕亭芳草绿，倚长**门**。万般惆怅向谁**论**？凝情立，宫殿欲黄昏。

——韦庄

例二

昨夜寒蛩不住鸣。惊回千里梦，已三更。起来独自绕阶行。人悄悄，帘外月胧明。

白首为功名。旧山松竹老，阻归程。欲将心事付瑶筝。知音少，弦断有谁听。

——岳飞

12. 水调歌头

唐大曲有《水调歌》，据《隋唐嘉话》，为隋炀帝凿汴河时所作。宋乐入"中吕调"，见《碧鸡漫志》卷四。凡大曲有"歌头"，此殆裁截其首段为之。九十五字，前后片各四平韵。亦有前后片两六言句夹叶仄韵者，有平仄互叶几于句句用韵者。各为举例。

定格

中仄仄平仄（句）中仄仄平平（韵）中平中仄平中（句）中仄仄平平（韵）中仄平平中仄（句）中仄平平中仄（句）中仄仄平平（韵）中仄仄平仄（句）中仄仄平平（韵）

中中中（句）中中仄（句）仄平平（韵）中平中仄（句）平中平仄仄平平（韵）。中仄平平中仄（句），中仄平平中仄（句），中仄仄平平（韵）。中仄中平仄（句）中仄仄平平（韵）

附注：前片第三、四句，后片第四、五句，可作上六下五，也可作上四下七。平仄可出入处颇多，须善掌握调配。

例一

潇洒太湖岸，淡伫洞庭山。鱼龙隐处，烟雾深锁渺弥间。方念陶朱张翰，忽有扁舟急桨，撇浪载鲈还。落日暴风雨，归路绕汀湾。

丈夫志，当景盛，耻疏**闲**。壮年何事憔悴？华发改朱**颜**。拟借寒潭垂钓，又恐相猜鸥鸟，不肯傍青**纶**。刺棹穿芦荻，无语看波**澜**。

——苏舜钦（沧浪亭）

例二

明月几时有？把酒问青**天**。不知天上宫阙，今夕是何**年**？我欲乘风归**去**，又恐琼楼玉**宇**，高处不胜**寒**。起舞弄清影，何似在人**间**？

转朱阁，低绮户，照无**眠**。不应有恨，何事长向别时**圆**？人有悲欢离**合**，月有阴晴圆**缺**，此事古难**全**。但愿人长久，千里共婵**娟**。

——苏轼《水调歌头》

附注：《水调歌头》"去"与"宇"，"合"与"缺"，夹叶反韵。

例三（平仄韵通叶）

南国本潇**洒**，六代浸豪**奢**。台城游冶，擘笺能赋属宫**娃**。云观登临清**夏**，璧月留连长**夜**，吟醉送年**华**。回首飞鸳瓦，却羡井中**蛙**。

访乌衣，成白社，不容**车**。旧时王**谢**，堂前双燕过谁**家**？楼外河横斗**挂**，淮上潮平霜**下**，橹影落寒**沙**。商女蓬窗**罅**，犹唱后庭**花**。

——贺铸（台城游）

13. 沁园春

又名《寿星明》。格局开张，宜抒壮阔豪迈情感。苏、辛一派最喜用之。一百十四字，前片四平韵，后片五平韵，亦有于过片处增一暗韵者。

定格

中仄平平（句）仄仄平平（句）仄仄仄平（韵）仄中平中仄（句）中平中仄（句）中平中仄（句）中仄平平（韵）中仄平平（句）中平中仄（句）中仄平平中仄平（韵）平平仄（句）仄中平中仄（句）中仄平平（韵）

平平中仄平平（韵）仄中仄平平中仄平（韵）仄中平中仄（句）中平中仄（句）中平中仄（句）中仄平平（韵）中仄平平（句）中平中仄（句）中仄平平中仄平（韵）平平仄（句）仄中平中仄（句）中仄平平（韵）

附注：前片第四句与后片第三句皆以一字领下四言四句，前后片结尾并以一字领下四言二句，宜用去声字。

例一

孤鹤归飞，再过辽天，换尽旧**人**。念累累枯冢，茫茫梦境，王侯蝼蚁，毕竟成**尘**。载酒园林，寻花巷陌，当日何曾轻负**春**？流年改，叹围腰带剩，点鬓霜**新**。

交亲零落如**云**，又岂料如今余此**身**。幸眼明身健，茶甘饭软，非惟我老，更有人**贫**。躲尽危机，消残壮志，短艇湖中闲采**莼**。吾何恨，有渔翁共醉，溪友为**邻**。

——陆游

附注：过片"亲"字是暗韵（可押可不押）。

例二

叠嶂西驰，万马回旋，众山欲**东**。正惊湍直下，跳珠倒溅；小桥横截，缺月初**弓**。老合投闲，天教多事，检校长身十万**松**。吾庐小，在龙蛇影外，风雨声**中**。

争先见面重重，看爽气朝来三数**峰**。似谢家子弟，衣冠磊落；相如庭户，车骑雍**容**。我觉其间，雄深雅健，如对文章太史**公**。新堤路，问偃湖何日，烟水蒙**蒙**？

——辛弃疾（灵山斋庵赋时筑偃湖未成）

例三（变格）

斗酒彘肩，风雨渡江，岂不快**哉**！被香山居士，约林和靖，与坡仙老，驾勒吾回。坡谓西湖，正如西子，浓抹淡妆临镜台。二公者，皆掉头不顾，只管衔杯。

白云天竺去来，图画里、峥嵘楼观开。爱东西双涧，纵横水绕；两峰南北，高下云堆。逋曰不然，暗香浮动，争似孤山先探梅。须晴去，访稼轩未晚，且此徘徊。

——刘过（寄辛承旨。时承旨招，不赴）

例四

何处相逢，登宝钗楼，访铜雀台。唤厨人斫就，东溟鲸脍，圉人呈罢，西极龙媒。天下英雄，使君与操，余子谁堪共举杯。车千乘，载燕南代北，剑客奇才。

饮酣画鼓如雷，谁信被晨鸡轻唤回。叹年光过尽，功名未立，书生老去，机会方来。使李将军，遇高皇帝，万户侯何足道哉。披衣起，但凄凉感旧，慷慨生哀。

——刘克庄（梦孚若）

第二类　仄韵格

1. 如梦令

又名《忆仙姿》《宴桃源》。五代时后唐庄宗（李存勖）创作。《清真集》入"中吕调"。三十三字，五仄韵，一叠韵。

定格

中仄中平平仄（韵）中仄中平平仄（韵）中仄仄平平（句）中仄仄平平仄（韵）平仄（韵）平仄（叠）中仄仄平平仄（韵）

例一

曾宴桃源深洞，一曲舞鸾歌凤。长记别伊时，和泪出门相送。如梦，如梦，残月落花烟重。

——李存勖

例二

遥夜沉沉如**水**，风紧驿亭深**闭**。梦破鼠窥灯，霜送晓寒侵**被**。无**寐**，无**寐**，门外马嘶人**起**。

——秦观

例三

昨夜雨疏风**骤**，浓睡不消残**酒**。试问卷帘人，却道海棠依**旧**。知**否**？知**否**？应是绿肥红**瘦**。

——李清照

2. 点绛唇

《清真集》入"仙吕调"，元北曲同，但平仄句式略异，今京剧中犹常用之。四十一字，前片三仄韵，后片四仄韵。

定格

中仄平平（句）中平中仄平平仄（韵）仄平平仄（韵）中仄平平仄（韵）

中仄平平（句）中仄平平仄（韵）平中仄（韵）仄平平仄（韵）中仄平平仄（韵）

例一

荫绿围红，飞琼家在桃源**住**。画桥当**路**，临水双朱**户**。

柳径春深，行到关情**处**。颦不**语**，意凭风**絮**，吹向郎边**去**。

——冯延巳

例二

台上披襟,快风一瞬收残**雨**。柳丝轻**举**,蛛网黏飞**絮**。

极目平芜,应是春归**处**。愁凝**伫**,楚歌声**苦**,村落黄昏**鼓**。

——周邦彦

例三

不用悲秋,今年身健还高**宴**。江村海**甸**,总作空花**观**。

尚想横汾,兰菊纷相**半**。楼船**远**,白云飞**乱**,空有年年**雁**。

——苏轼（庚午重九）

3. 卜算子

北宋时盛行此曲。万树《词律》以为取义于"卖卜算命之人"。双调,四十四字,上下片各两仄韵。两结亦可酌增衬字,化五言句为六言句,于第三字豆。宋教坊复演为慢曲,《乐章集》入"歇指调"。八十九字,前片四仄韵,后片五仄韵。

格一

中仄仄平平（句）中仄平平仄（韵）中仄平平仄仄平（句）中仄平平仄（韵）

中仄仄平平（句）中仄平平仄（韵）中仄平平仄仄平（句）中仄平平仄（韵）

例一

缺月挂疏桐,漏断人初**静**。谁见幽人独往来,缥缈孤鸿**影**。

惊起却回头,有恨无人**省**。拣尽寒枝不肯栖,寂寞沙洲**冷**。

——苏轼（黄州定慧院寓居作）

例二（加衬字）

我住长江头，君住长江尾。日日思君不见君，共饮长江水。

此水几时休，此恨何时已。只愿君心似我心，定不负相思意。

——李之仪

格二（卜算子慢）

平平仄仄（句）平仄仄平（句）仄仄仄平平仄（韵）仄仄平平（句）仄仄仄平平仄（韵）仄平平（豆）仄仄平平仄（韵）仄仄仄（豆）平平仄仄（句）平平仄仄平仄（韵）

仄仄平平仄（韵）仄仄仄平平（句）仄平平仄（韵）仄仄平平（句）仄仄仄平平仄（韵）仄平平（豆）平仄平平仄（韵）仄仄（豆）平平仄仄（句）仄平平平仄（韵）

附注：过片第六字领下四言两偶句，结尾是上一下四句法，第一字定要去声，与领格字同。

例三（慢）

江枫渐老，汀蕙半凋，满目败红衰翠。楚客登临，正是暮秋天气。引疏砧、断续残阳里。对晚景、伤怀念远，新愁旧恨相继。

脉脉人千里。念两处风情，万重烟水。雨歇天高，望断翠峰十二。尽无言、谁会凭高意。纵写得、离肠万种，奈归鸿谁寄。

——柳永

4. 谒金门

唐教坊曲。《金奁集》入"双调"。四十五字，前后片各四仄韵。

定格

平中仄（韵）平仄仄平平仄（韵）中仄中平平仄仄（韵）仄平平仄仄（韵）

中仄中平中仄（韵）中仄中平平仄（韵）中仄中平平仄仄（韵）仄平平仄仄（韵）

例一

空相**忆**，无计得传消**息**。天上嫦娥人不**识**，寄书何处**觅**？

新睡觉来无**力**，不忍看君书**迹**。满院落花春寂**寂**，断肠芳草**碧**。

——韦庄

例二

风乍**起**，吹皱一池春**水**。闲引鸳鸯香径里，手挼红杏**蕊**。

斗鸭阑干独**倚**，碧玉搔头斜**坠**。终日望君君不**至**，举头闻鹊**喜**。

——冯延巳

5. 鹊桥仙

《风俗记》："七夕，织女当渡河，使鹊为桥。"因取以为曲名，以咏牛郎织女相会事。《乐章集》入"歇指调"，较一般所用多三十二字。兹以《淮海词》为准。五十六字，上下片各两仄韵。亦有上下片各四仄韵者。

定格

中平中仄（句）中平中仄（句）中仄中平中仄（韵）中平中仄仄平平（句）仄中仄（豆）平平中仄（韵）

中平中仄（句）中平中仄（句）中仄中平中仄（韵）中平中仄仄平平（句）仄中仄（豆）平平中仄（韵）

例一

纤云弄巧，飞星传恨，银汉迢迢暗**度**。金风玉露一相逢，便胜却、人间无**数**。

柔情似水，佳期如梦，忍顾鹊桥归**路**。两情若是久长时，又岂在、朝朝暮**暮**？

————秦观

例二

松冈避**暑**，茅檐避**雨**，闲去闲来几**度**？醉扶孤石看飞泉，又却是、前回醒**处**。

东家娶**妇**，西家归**女**，灯火门前笑**语**。酿成千顷稻花香，夜夜费、一天风**露**。

————辛弃疾（山行书所见）

6. 踏莎行

双调小令，《张子野词》入"中吕宫"。五十八字，上下片各三仄韵。四言双起，例用对偶。又有《转调踏莎行》，六十六字，上下片各四仄韵。

定格

中仄平平（句）中平中仄（韵）中平中仄平平仄（韵）中平中仄仄平平（句）中平中仄平平仄（韵）

中仄平平（句）中平中仄（韵）中平中仄平平仄（韵）中平中仄仄平平（句）中平中仄平平仄（韵）

例一

雾失楼台，月迷津**渡**。桃源望断无寻**处**。可堪孤馆闭春寒，杜鹃声里斜阳**暮**。

驿寄梅花，鱼传尺**素**。砌成此恨无重**数**。郴江幸自绕郴山，为谁流下潇湘**去**。

————秦观（郴州旅舍）

格二（转调踏莎行）

仄仄平平（句）平平中仄（韵）中平平仄仄（豆）中平仄（韵）平平中仄（句）平平中仄（韵）平平仄仄仄平平仄（韵）

仄仄平平（句）平平中仄（韵）中平平仄仄（豆）中平仄（韵）平平中仄（句）仄平平中仄（韵）平仄仄仄仄平平仄（韵）

例二

翠幄成阴，谁家帘幕？绮罗香拥处、觞筹**错**。清和将近，奈春寒更**薄**，高歌看簌簌梁尘**落**。

好景良辰，人生行**乐**。金杯无奈是、苦相**虐**。残红飞尽，袅垂杨轻**弱**。来岁断不负莺花**约**。

——曾觌

7. 钗头凤

又名《折红英》。六十字，上下片各七仄韵，两叠韵，两部递换。声情凄紧。

定格

平平仄（韵）平平仄（叶仄）仄平平仄平平仄（叶仄）平平仄（换仄）平平仄（叶二仄）中平平仄（句）仄平平仄（叶二仄）仄（叶二仄）仄（叠）仄（叠）

平平仄（叶首仄）平平仄（叶首仄）仄平平仄平平仄（叶首仄）平平仄（叶二仄）平平仄（叶二仄）中平平仄（句）仄平平仄（叶二仄）仄（叶二仄）仄（叠）仄（叠）

例

红酥**手**，黄縢**酒**，满城春色宫墙**柳**。东风**恶**，欢情**薄**。一怀愁绪，几年离**索**。**错**！**错**！**错**！

春如**旧**，人空**瘦**，泪痕红浥鲛绡**透**。桃花**落**，闲池**阁**。山盟虽在，锦书难**托**。**莫**！**莫**！**莫**！

——陆游

8. 蝶恋花

又名《鹊踏枝》《凤栖梧》。唐教坊曲。《乐章集》《张子野词》并入"小石调",《清真集》入"商调"。赵令畤有《商调蝶恋花》,联章作《鼓子词》,咏《会真记》事。双调,六十字,上下片各四仄韵。

定格

中仄中平平仄仄(韵) 中仄平平(句) 中仄平平仄(韵) 中仄中平平仄仄(韵) 中平中仄平平仄(韵)

中仄中平平仄仄(韵) 中仄平平(句) 中仄平平仄(韵) 中仄中平平仄仄(韵) 中平中仄平平仄(韵)

例一(鹊踏枝)

萧索清秋珠泪**坠**。枕簟微凉,展转浑无**寐**。残酒欲醒中夜**起**,月明如练天如**水**。

阶下寒声啼络**纬**。庭树金风,悄悄重门**闭**。可惜旧欢携手**地**,思量一夕成憔**悴**。

——冯延巳

例二(凤栖梧)

伫倚危楼风细**细**。望极春愁,黯黯生天**际**。草色烟光残照里,无言谁会凭阑**意**。

拟把疏狂图一**醉**。对酒当歌,强乐还无**味**。衣带渐宽终不**悔**,为伊消得人憔**悴**。

——柳永

例三(蝶恋花)

庭院深深深几**许**?杨柳堆烟,帘幕无重**数**。玉勒雕鞍游冶**处**,楼高不见章台**路**。

雨横风狂三月暮。门掩黄昏，无计留春住。泪眼问花花不语，乱红飞过秋千去。

——欧阳修

9. 渔家傲

北宋流行歌曲。有用以作"十二月鼓子词"者。《清真集》入"般涉调"。双调，六十二字，上下片各五仄韵。

定格

中仄中平平仄仄（韵）中平中仄平平仄（韵）中仄中平平仄仄（韵）平中仄（韵）中平中仄平平仄（韵）

中仄中平平仄仄（韵）中平中仄平平仄（韵）中仄中平平仄仄（韵）平中仄（韵）中平中仄平平仄（韵）

例一

塞下秋来风景**异**，衡阳雁去无留**意**。四面边声连角**起**。千嶂**里**，长烟落日孤城**闭**。

浊酒一杯家万**里**，燕然未勒归无**计**。羌管悠悠霜满**地**。人不**寐**，将军白发征夫**泪**。

——范仲淹

例二

平岸小桥千嶂**抱**，柔蓝一水萦花**草**。茅屋数间窗窈**窕**。尘不**到**。时时自有春风扫。

午枕觉来闻语**鸟**，欹眠似听朝鸡**早**。忽忆故人今总**老**。贪梦**好**。茫然忘了邯郸**道**。

——王安石

10. 苏幕遮

西域舞曲。慧琳《一切经音义》卷四十："'苏幕遮'，西戎胡语也，正云'飒磨遮'。此戏本出西戎龟兹国，至今犹有此曲，此国浑脱、大面、拨头之类也。或作兽面，或像鬼神，假作种种面具形状。或以泥水沾洒行人，或持羂索搭钩，捉人为戏。每年七月初，公行此戏，七日乃停。土俗相传云，常以此法禳厌，驱趁罗刹恶鬼食啖人民之灾也。"《张说之文集》卷十有《苏摩遮》诗五首，皆七言绝句，说之于诗题下注云："泼寒胡戏所歌，其和声云亿岁乐。"《词谱》谓宋词家所用，盖因旧曲另度新声。《清真集》入"般涉调"。双调，六十二字，上下片各四仄韵。

定格

仄平平（句）平仄仄（韵）中仄平平（句）中仄平平仄（韵）中仄平平平仄仄（韵）中仄平平（句）中仄平平仄（韵）

仄平平（句）平仄仄（韵）中仄平平（句）中仄平平仄（韵）中仄平平平仄仄（韵）中仄平平（句）中仄平平仄（韵）

例一

碧云天，黄叶**地**，秋色连波，波上寒烟**翠**。山映斜阳天接**水**，芳草无情，更在斜阳**外**。

黯乡魂，追旅**思**。夜夜除非，好梦留人**睡**。明月楼高休独**倚**，酒入愁肠，化作相思**泪**。

——范仲淹

例二

燎沉香，消溽**暑**。鸟雀呼晴，侵晓窥檐**语**。叶上初阳干宿**雨**。水面清圆，一一风荷**举**。

故乡遥，何日**去**？家住吴门，久作长安**旅**。五月渔郎相忆**否**。小楫轻舟，梦入芙蓉**浦**。

——周邦彦

11. 锦缠道

一名《锦缠头》。六十六字,前片四仄韵,后片三仄韵。过片及第五句并是上一下四句法。

定格

仄仄平平(句) 仄仄仄平平仄(韵) 仄平平(豆) 仄平平仄(韵) 仄平平仄仄平仄(韵) 仄仄平平(句) 仄仄平平仄(韵)

仄平平仄平(句) 仄平平仄(韵) 仄平平(豆) 仄平平仄(韵) 仄平平(豆) 平仄平平(句) 仄仄平平仄(句) 仄仄平平仄(韵)

例

燕子呢喃,景色乍长春**昼**。睹园林、万花如**绣**,海棠经雨胭脂**透**。柳展宫眉,翠拂行人**首**。

向郊原踏青,恣歌携**手**。醉醺醺、尚寻芳**酒**。问牧童、遥指孤村,道杏花深处,那里人家**有**。

——宋祁

12. 念奴娇

又名《百字令》《酹江月》《大江东去》《壶中天》《湘月》。元稹《连昌宫词》自注:"念奴,天宝中名倡,善歌。每岁楼下酺宴,累日之后,万众喧隘,严安之、韦黄裳辈辟易不能禁,众乐为之罢奏。玄宗遣高力士大呼于楼上曰:'欲遣念奴唱歌,邠二十五郎吹小管逐,看人能听否?'未尝不悄然奉诏。"(见《元氏长庆集》卷二十四)王灼《碧鸡漫志》卷五又引《开元天宝遗事》:"念奴每执板当席,声出朝霞之上。"曲名本此。宋曲入"大石调",复转入"道调宫",又转入"高宫大石调"。此调音节高亢,英雄豪杰之士多喜用之。俞文豹《吹剑录》称:"学士(苏轼)词,须关西大汉,铜琵琶,铁绰板,唱《大江东去》。"亦其音节使然也。兹以《东坡乐府》为准,"凭高远眺"一阕为定格,"大江东去"为变格。一百字,前后片各四仄韵。其用以抒写豪壮感情者,宜用入声韵部。另有平韵一格,附著于后。

定格

中平中仄(句)仄平中中仄(句)中平平仄(韵)中仄中平平仄仄(句)中仄中平平仄(韵)中仄平平(句)中平中仄(句)中仄平平仄(韵)中平中仄(句)仄平平仄中仄(韵)

中仄中仄平平(句)中平中仄(句)中仄平平仄(韵)中仄中平平仄仄(句)中仄中平平仄(韵)中仄平平(句)中平中仄(句)中仄平平仄(韵)中平平仄(句)仄平平仄平仄(韵)

例一

凭高眺远,见长空,万里云无留**迹**。桂魄飞来,光射处,冷浸一天秋**碧**。玉宇琼楼,乘鸾来去,人在清凉**国**。江山如画,望中烟树历**历**。

我醉拍手狂歌,举杯邀月,对影成三**客**。起舞徘徊风露下,今夕不知何**夕**!便欲乘风,翻然归去,何用骑鹏**翼**。水晶宫里,一声吹断横**笛**。

——苏轼(中秋)

例二

萧条庭院,又斜风细雨,重门须**闭**。宠柳娇花寒食近,种种恼人天**气**。险韵诗成,扶头酒醒,别是闲滋**味**。征鸿过尽,万千心事难**寄**。

楼上几日春寒,帘垂四面,玉阑干慵**倚**。被冷香消新梦觉,不许愁人不**起**。清露晨流,新桐初引,多少游春**意**!日高烟敛,更看今日晴未?

——李清照

附注:后片第三句,变作"仄平平平仄"之上三下二句式。

变格一

仄平平仄(句)仄平仄(豆)平仄平平平仄(韵)仄仄平平(句)平仄仄(豆)平仄平平仄仄(韵)仄仄平平(句)平平仄仄(句)仄仄

平平仄（韵）平平平仄（句）仄平平仄平仄（韵）

平仄平仄平平（句）仄平平仄仄（句）平平平仄（韵）仄仄平平（句）平仄仄（豆）中仄平平平仄（韵）仄仄平平（句）平平平仄仄（句）仄平平仄（韵）平平平仄（句）仄平平仄平仄（韵）

例三

大江东去，浪淘尽，千古风流人**物**。故垒西边，人道是，三国周郎赤**壁**。乱石穿空，惊涛拍岸，卷起千堆**雪**。江山如画，一时多少豪**杰**！

遥想公瑾当年，小乔初嫁了，雄姿英**发**。羽扇纶巾，谈笑间，樯橹灰飞烟**灭**。故国神游，多情应笑我，早生华**发**。人生如梦，一尊还酹江月。

——苏轼（赤壁怀古）

变格二（平韵格）

仄平平仄（句）仄平平平仄（句）平仄平平（韵）仄仄平平平仄仄（句）平仄平仄平平（韵）仄仄平平（句）平平平仄（句）仄仄平平平（韵）仄平平仄（句）仄平平平平（韵）

平仄平仄平平（句）仄平平仄仄（句）平仄平平（韵）仄仄平平平仄仄（句）仄仄平仄平平（韵）仄仄平平（句）平平平仄（句）平平平仄（韵）仄平平仄（句）仄平平仄平平（韵）

例四

洞庭波冷，望冰轮初转，沧海沉**沉**。万顷孤光云阵卷，长笛吹破层**阴**。汹涌三江，银涛无际，遥带五湖**深**。酒阑歌罢，至今鼍怒龙**吟**。

回首江海平生，漂流容易散，佳会难**寻**。缥缈高城风露爽，独倚危槛重**临**。醉倒清尊，姮娥应笑，犹有向来**心**。广寒宫殿，为予聊借琼林。

——叶梦得（中秋燕客，有怀壬午岁吴江长桥）

13. 永遇乐

《乐章集》入"歇指调"。晁补之《琴趣外篇》卷一于"消息"之下

注:"自过腔,即《越调永遇乐》。"兹以苏、辛词为准。一百四字,前后片各四仄韵。

定格

平仄平平（句）中平平仄（句）平仄平仄（韵）仄仄平平（句）平平仄仄（句）仄仄平平仄（韵）中平中仄（句）平平仄仄（句）中仄仄平平仄（韵）仄平平（豆）平平中仄（句）仄平中平中仄（韵）

平平仄仄（句）平平平仄（句）中仄中平中仄（韵）仄仄平平（句）中平平仄（句）平仄平平仄（韵）仄平平仄（句）中平中仄（句）中仄中平中仄（韵）中平仄（豆）平平仄仄（句）仄平仄仄（韵）

例一

明月如霜，好风如水，清景无**限**。曲港跳鱼，圆荷泻露，寂寞无人**见**。纨如三鼓，铿然一叶，黯黯梦云惊**断**。夜茫茫，重寻无处，觉来小园行**遍**。

天涯倦客，山中归路，望断故园心**眼**。燕子楼空，佳人何在，空锁楼中**燕**。古今如梦，何曾梦觉，但有旧欢新**怨**。异时对，黄楼夜景，为余浩**叹**。

——苏轼（彭城夜宿燕子楼，梦盼盼，因作此词）

例二

千古江山，英雄无觅，孙仲谋**处**。舞榭歌台，风流总被、雨打风吹**去**。斜阳草树，寻常巷陌，人道寄奴曾**住**。想当年、金戈铁马，气吞万里如**虎**。

元嘉草草，封狼居胥，赢得仓皇北**顾**。四十三年，望中犹记，烽火扬州**路**。可堪回首，佛狸祠下，一片神鸦社**鼓**。凭谁问、廉颇老矣，尚能饭**否**？

——辛弃疾（京口北固亭怀古）

第三类 平仄韵转换格

1. 昭君怨

又名《宴西园》《一痕沙》。四十字,全阕四换韵,两仄两平递转,上下片同。

定格

中仄中平中仄(仄韵) 中仄中平中仄(叶仄) 中仄仄平平(转平韵) 仄平平(叶平)

中仄中平中仄(仄韵) 中仄中平中仄(叶仄) 中仄仄平平(转平韵) 仄平平(叶平)

例一

春到南楼雪尽,惊动灯期花信。小雨一番寒,倚阑干。
莫把阑干频倚,一望几重烟水。何处是京华?暮云遮。

——万俟咏(春望)

2. 菩萨蛮

又名《子夜歌》《重叠金》。唐教坊曲,《宋史·乐志》《尊前集》《金奁集》并入"中吕宫",《张子野词》作"中吕调"。唐苏鹗《杜阳杂编》:"大中初,女蛮国入贡,危髻金冠,璎珞被体,号'菩萨蛮队'。当时倡优遂制《菩萨蛮曲》,文士亦往往声其词。"(见《词谱》卷五引)据此,知其调原出外来舞曲,输入在公元八四七年以后。但开元时人崔令钦所著《教坊记》中已有此曲名,可能这种舞队前后不止一次输入中国。小令四十四字,前后片各两仄韵,两平韵,平仄递转,情调由紧促转低沉,历来名作最多。

定格

中平中仄平平仄（仄韵）中平中仄平平仄（叶仄）中仄仄平平（换平韵）中平平仄平（叶平）

中平平仄仄（再换仄韵）中仄平平仄（叶仄）中仄仄平平（再换平韵）中平平仄平（叶平）

例一

平林漠漠烟如织，寒山一带伤心碧。暝色入高楼，有人楼上愁。
玉梯空伫立，宿鸟归飞急。何处是归程，长亭连短亭。

——李白

例二

小山重叠金明灭，鬓云欲度香腮雪。懒起画蛾眉，弄妆梳洗迟。
照花前后镜，花面交相映。新帖绣罗襦，双双金鹧鸪。

——温庭筠

3. 清平乐

又名《忆萝月》《醉东风》。《宋史·乐志》入"大石调"，《金奁集》《乐章集》并入"越调"。《尊前集》载有李白词四首，恐不可信。兹以李煜词为准。四十六字，前片四仄韵，后片三平韵。

定格

中平中仄（仄韵）中仄平平仄（叶仄）中仄中平平仄仄（叶仄）中仄中平中仄（叶仄）

中平中仄平平（换平韵）中平中仄平平（叶平）中仄中平中仄（句）中平中仄平平（叶平）

例一

别来春半,触目柔肠**断**。砌下落梅如雪**乱**,拂了一身还**满**。

雁来音信无凭,路遥归梦难**成**。离恨恰如春草,更行更远还**生**。

——李煜

例二

红笺小**字**,说尽平生**意**。鸿雁在云鱼在**水**,惆怅此情难**寄**。

斜阳独倚西**楼**,遥山恰对帘**钩**。人面不知何处,绿波依旧东**流**。

——晏殊

4. 更漏子

《尊前集》入"大石调",又入"商调"。《金奁集》入"林钟商调"。四十六字,前片两仄韵,两平韵,后片三仄韵,两平韵。亦有过片不用韵者,平仄与上片全同。

定格

仄平平(句)平仄仄(仄韵)中仄中平中仄(叶仄)中仄仄(句)仄平平(换平韵)中平中仄平(叶平)

平中仄(再换仄韵)中平仄(叶仄)中仄中平中仄(叶仄)中中仄(句)仄平平(再换平韵)中平中仄平(叶平)

例一

玉炉香,红烛**泪**,偏照画堂秋**思**。眉翠**薄**,鬓云**残**,夜长衾枕**寒**。

梧桐**树**,三更**雨**,不道离情正**苦**。一叶**叶**,一声**声**,空阶滴到**明**。

——温庭筠

例二

上东门，门外**柳**，赠别每烦纤**手**。一叶落，几番**秋**，江南独倚**楼**。

曲阑干，凝伫**久**，薄暮更堪搔**首**。无际恨，见闲**愁**，侵寻天尽**头**。

——贺铸

5. 虞美人

唐教坊曲。《碧鸡漫志》卷四："《脞说》称起于项籍'虞兮'之歌。予谓后世以此命名可也，曲起于当时，非也。"又称："旧曲三，其一属'中吕调'，其一属'中吕宫'，近世又转入'黄钟宫'。"兹取两格：一为五十六字，上下片各两仄韵，两平韵。另一为五十八字，上下片各两仄韵，三平韵。

格一

中平中仄平平仄（仄韵）中仄平平仄（叶仄）中平中仄仄平平（换平韵）中仄中平平仄仄平平（叶平）

中平中仄平平仄（换仄韵）中仄平平仄（叶仄）中平中仄仄平平（再换平韵）中仄中平平仄仄平平（叶平）

例一

春花秋月何时**了**？往事知多**少**！小楼昨夜又东**风**，故国不堪回首月明**中**！

雕栏玉砌应犹**在**，只是朱颜**改**。问君能有几多**愁**？恰似一江春水向东**流**。

——李煜

格二

仄平仄仄平平仄（仄韵）仄仄平平仄（叶仄）仄平平仄仄平平（换平韵）仄平平仄仄平平（叶平）仄平平（叶平）

仄平仄仄平平仄（换仄韵）仄仄平平仄（叶仄）仄平平仄仄平平（再换平韵）仄平平仄仄平平（叶平）仄平平（叶平）

例二

帐中草草军情**变**，月下旌旗**乱**。褪衣推枕怆离**情**，远风吹下楚歌**声**，正三**更**。

抚骓欲下重相**顾**，艳态花无**主**。手中莲锷凛秋**霜**，九泉归去是仙**乡**，恨茫**茫**。

——宋无名氏（依曾布夫人魏氏《虞美人草行》改作）

第四类　平仄韵通叶格

西江月

又名《步虚词》《江月令》。唐教坊曲，《乐章集》《张子野词》并入"中吕宫"。清季敦煌发现唐琵琶谱，犹存此调，但虚谱无词。兹以柳永词为准。五十字，上下片各两平韵，结句各叶一仄韵。沈义父《乐府指迷》："《西江月》起头押平声韵，第二、第四句就平声切去，押侧声韵，如平韵押'东'字，侧声须押'董''冻'字方可。"

定格

中仄中平平仄（句）中平中仄平平（平韵）中平中仄仄平平（叶平）中仄平平中仄（叶仄）

中仄中平平仄（句）中平中仄平平（平韵）中平中仄仄平平（叶平）中仄平平中仄（叶仄）

例一

凤额绣帘高卷，兽环朱户频**摇**。两竿红日上花**梢**，春睡厌厌难**觉**。

好梦狂随飞絮，闲愁浓胜香**醪**。不成雨暮与云**朝**，又是韶光过**了**。

——柳永

例二

问讯湖边春色，重来又是三**年**。东风吹我过湖**船**，杨柳丝丝拂**面**。
世路如今已**惯**，此心到处悠**然**。寒光亭下水如**天**，飞起沙鸥一**片**。

——张孝祥（丹阳湖）

第五类　平仄韵错叶格

1. 荷叶杯

唐教坊曲，《金奁集》入"双调"。单调小令，二十三字。温庭筠体以两平韵为主，四仄韵转换错叶。韦庄体重填一片，增四字，以上下片各三平韵为主，错叶二仄韵。

格一

中仄中平平仄（仄韵），平仄（叶仄），仄平平（平韵）。仄平平仄仄平仄（换仄韵），平仄（叶仄），仄平平（叶平）。

例一

一点露珠凝**冷**，波**影**，满池**塘**。绿茎红艳两相**乱**，肠**断**，水风**凉**。

——温庭筠

格二

中仄仄平平仄（仄韵）平仄（叶仄）平仄仄平平（平韵）中平平仄仄平平（叶平）平仄仄平平（叶平）

中仄仄平平仄（换仄韵）平仄（叶仄）平仄仄平平（换平韵）中平平仄仄平平（叶平）平仄仄平平（叶平）

例二

记得那年花**下**,深**夜**,初识谢娘**时**。水堂西面画帘**垂**,携手暗相**期**。
惆怅晓莺残**月**,相**别**,从此隔音**尘**。如今俱是异乡人,相见更无**因**!

——韦庄

2. 相见欢

一名《乌夜啼》《秋夜月》《上西楼》。唐教坊曲。三十六字,前片三平韵,后片两平韵,过片处错叶两仄韵。两结九言,宜于第二字略豆,旧谱分作六言、三言两句,不尽适合。

定格

中平中仄平平(平韵)仄平平(叶平)中仄中平平仄仄平平(叶平)

中中仄(仄韵)中平仄(叶仄)仄平平(叶平)中仄中平平仄仄平平(叶平)

例一

林花谢了春**红**,太匆**匆**!无奈朝来寒雨晚来**风**!
胭脂**泪**,相留**醉**,几时**重**?自是人生长恨水长**东**!

——李煜

例二

无言独上西**楼**,月如**钩**。寂寞梧桐深院锁清**秋**。
剪不**断**,理还**乱**,是离**愁**,别是一般滋味在心**头**。

——李煜